KB075363

연
환
기

연환기

連環記

고다 로한 지음
이상경 옮김

연암서가

옮긴이 이상경(李相璄)

일본 릿쇼(立正)대학과 대학원에서 학사와 석사과정을 마치고, 다이쇼(大正)대학에서 박사과정을 마친 후 「『源氏物語』の人物造形」으로 문학박사 학위를 받았다. 덕성여자대학교 인문대학장을 역임했고, 현재 일어일문학과 교수로 재직 중이다.

저·역서로는 『源氏物語の人物世界』(제이앤씨), 『겐지모노가타리의 사랑과 자연』(제이앤씨), 『종교를 알아야 일본을 안다: 일본 종교의 100가지 상식』(철학과현실사), 『키재기』(생각의나무), 『오층탑』(연암서가) 등이 있으며, 연구 논문으로는 「『源氏物語』研究」, 「『伊勢物語』研究」, 「『落窪物語』研究」, 幸田露伴의 「『五重塔』研究」, 「『連環記』研究」외 다수가 있다.

연환기

2021년 5월 15일 초판 1쇄 인쇄
2021년 5월 20일 초판 1쇄 발행

지은이 ǀ 고다 로한
옮긴이 ǀ 이상경
펴낸이 ǀ 권오상
펴낸곳 ǀ 연암서가

등록 ǀ 2007년 10월 8일(제396-2007-00107호)
주소 ǀ 경기도 고양시 일산서구 호수로 896, 402-1101
전화 ǀ 031-907-3010
팩스 ǀ 031-912-3012
이메일 ǀ yeonamseoga@naver.com

ISBN 979-11-6087-080-0 03830
값 12,000원

역자의 말

일본 근대문학의 거장 고다 로한(幸田露伴)의 대표작 중 하나인 『연환기(連環記)』가 처음으로 번역되어 한국의 독자들과 만나게 되었다. '지식의 거인' 로한의 지적 결정체라 할 이 작품의 수준과 일본에서의 높은 평가를 생각하면 상당히 뒤늦은 감이 없지 않다.

이 작품은 두 주인공 가모노 야스타네(慶滋保胤)와 오에노 사다모토(大江定基) 등 대부분 실존 인물들의 실화를 바탕으로 하고 있다는 점에서 일종의 역사소설이기도 하며, 두 주인공과 그 주변 인물들이 대부분 스님이라는 점에서 일종의 불교 소설이기도 하다. 그리고 사다모토의 출가에 애인 리키주(力壽)가 결정적인 계기로 작용했다는 점에서는 일종의 연애소설이 될 수도 있다.

'연환기'란 '이어지는 고리의 기록'이란 뜻이다. 이 '고리'란 "법연 미묘(法緣微妙)하고 옥환(玉環)이 서로 잇닿아 있는 것과 같다"라는 본문의 언급이 시사하듯이 잇닿아 연결되는 미묘한 '인연'의 고리, 특히 선한 인성과 진리를 매개로 한 사람과 사람의 인연을 가리킨다.

인연이란 대체 무엇일까? '이렇게 만난 것도 인연이니…'라는 말을 우리는 흔히 하면서도 정작 이 인연이 무엇이며 어떤 것인지는 깊이 알지 못한다. 이 말에는 불교적인 통찰 내지 인식이 담겨 있다. 근본적 원인인 인(因)과 간접적 계기인 연(緣)이 맞닿아 어떤 일이나 만남을 성립시키는 것이 인연이다. 모든 존재에는 실로 엄청난 인연이 작용한다고 불교에서는 설명한다. 인간이 인간으로 태어난다는 것 자체가 마치 망망대해에서 눈먼 거북이가 헤엄쳐 다니다가 우연히 구멍 뚫린 통나무를 만나는 것(盲龜遇木)보다도 더 희한한 인연이라고 하며, 그렇게 태어난 인간이 오다가다 길거리에서 옷깃을 한번 스치는 것도 다섯 겁 이전부터의 인연이 있어야 가능하다고 설명한다. 한 겁이란 대략 사방 천 리 되는 바위를 천년에 한 번씩 선녀님이 내려와 그 부드러운 옷자락으로 스쳐 감으로써 그게 다 닳아 없어지는 아득한 시간이라고 한다. 엄청난 과장이지만 사람과 사람의 만남이 그만큼 어마어마하게 소중한 인연이라는 이야기다.

이 『연환기』에는 그런 인연이 노련한 문학적 터치로 그려진다. 근간은 가모노 야스타네와 오에노 사다모토라는 두 주인공의 인연이다. 야스타네는 출가해 자쿠신(寂心) 스님이 되고 사다모토는 출가해 자쿠쇼(寂照) 스님이 된다. 이 둘은 판이한 성격으로 각각의 인생을 살아가지만 사다모토가 기구한 일들을 겪고 그야말로 묘한 인연으로 자쿠신을 찾아가 그 밑에서 출가함으로써 승려로서의 제2의 삶을 살아가게 되는 것이다. 전반부 후반부 두 주인공의 인연의 고리가 불교를 매개로 이어지는 셈이다. 그런 기묘한 인연은 이 두 주인공으로 끝나지 않고 그 주변의 인물들로도 이어진다. 사다모토의 아내, 애인 리키주, 사다모토의 사촌 오에노 마사히라(大江匡衡)와 아카조메 에몬(赤染右衛門) 부부, 에신(惠心), 조가(增賀), 정위(丁謂) 등이 다 그런 기연으로 고리처럼 얽힌다. 이 이야기만으로도 읽는 재미는 쏠쏠하다. 그러나 이 작품은 소설적 재미로 끝나지 않고 세상과 삶에 대한 깊은 불교적 통찰을 보여준다.

젊은 시절의 로한은 『풍류불(風流佛)』, 『일구검(一口劍)』, 『오층탑(五重塔)』 같은 작품을 통해 장인정신 등 주로 일본의 이상적인 가치를 지향하였으나, 근대화된 일본의 격동하는 역사를 고스란히 지켜보며 만년에 이른 그는 한층 성숙한 의식으로 인간과 삶을 응시하며 불교적 인연의 세계를 그려내기에 이른 것이다.

로한은 1867년에 태어나 1947년에 80세로 사망한 근대의 인물이지만, 헤이안(平安) 시대(794~1192)라고 하는 역사의 저편에서 선량한 본성과 불교적 계기에 의해 맺어지고 연결되는 깊은 인연의 세계를 찾아내고 그것을 하나의 향기처럼 그윽한 도담으로 승화시키고 있다는 점에서 그 스스로가 헤이안의 저 인물들과 인연의 고리로 이어졌다고 말할 수도 있다. 이런 인연의 고리는 아마 이 작품을 읽게 되는 독자들과도 면면히 이어져 한국과 일본을 잇는 긴 연쇄를 이루게 되리라고 생각된다. 그 모든 인연의 고리들이 아름다운 의미로 남게 될 것을 역자는 기대한다.

이 작품을 한국의 독자들이 접할 수 있도록 소중한 인연

의 계기가 되어주신 연암서가의 권오상 대표님께 깊이 감사
드린다.

2021년 봄

이상경

차례

일러두기

- 『連環記』(『昭和文學全集』第4卷, 小學館, 1994(平成 5)년 9月 초판 제12쇄)를 저본으로 삼았음.
- 모든 주는 역자가 붙였음.

連環記

1

가모노 야스타네(慶滋保胤)[1]는 가모노 다다유키(賀茂忠行)[2]의
둘째 아들로 태어났다. 형인 야스노리(保憲)[3]는 누대에 걸친

~~~~~~~~~

1 가모노 야스타네(慶滋保胤, 933?~1002): 헤이안(平安, 794~1192) 중기의 귀
족·문인·한시인(漢詩人)으로, 품계는 종5품하이며 다이나이키(大內記)였
다. 986년에 출가하여 히에이잔(比叡山)의 요카와(橫川)에 살았다. 저서인
『지테이기(池亭記)』는 후에 가모노 조메이(鴨長明)의 『호조키(方丈記)』에도
큰 영향을 미쳤다. 그 외의 저서로는 『일본왕생극락기(日本往生極樂記)』,
『교호인집(慶保胤集)』이 있으며, 한시와 와카(和歌)도 전해진다.(귀족은 종5품
하 이상의 당상관을 말함)

2 가모노 다다유키(賀茂忠行, 생몰년 미상): 헤이안 초기에서 중기에 걸친 귀
족. 당대 최고의 음양사로, 아베노 세이메이(安倍晴明, 921~1005)의 스승이
다. 품계는 종5품하이다.

가업을 이어 음양박사, 천문박사가 되었고, 가모 씨(賀茂氏)의 종가로서 그 가계를 빛내고 있다.

야스타네는 형에게 일부러 양보한 것은 아니지만, 스스로 당시의 유가(儒家)이고 뛰어난 문사였던 스가와라노 후미토키(菅原文時)[4]의 제자가 되어 문장생(文章生)이 되었고, 성씨의 글자를 고쳐서 가모(慶滋)로 했다. 가모라는 성이 따로 있었던 것도 아니고, 옛 서책에 전해지고 있는 것처럼 다른 가문의 양자가 되어 가모가 된 것도 아니고, 다만 형에게 양보하는 뜻에서 가모(賀茂)의 가(賀) 자를 고쳐 가(慶) 자로 했고, 모(茂) 자를 고쳐 모(滋) 자로 한 것일 뿐, 이자동의(異字同義), 가모(慶滋)는 원래부터 가모(賀茂)인 것이다.

글자가 이렇다 보니 이를 보통의 경우처럼 '요시시게노 야스타네'라고 읽는 자가 생겨난 것도 자연스러운 흐름인데, 그 후에 야스타네의 동생인 문장박사 야스아키(保章)의

---

3 가모노 야스노리(賀茂保憲, 917~977): 헤이안 중기의 귀족·음양박사이며 천문박사이다. 품계는 종4품상이다.

4 스가와라노 후미토키(菅原文時, 899~981): 헤이안 초기의 대문장가 스가와라노 미치자네(菅原道眞, 845~903)의 손자로, 공경(公卿)·문장박사이다. 품계가 종3품이었기에 간산본(菅三品)이라는 별명이 있다.(공경은 종3품 이상의 고관을 말함)

아들 다메마사(爲政)가 원래의 성씨 글자를 가모(善滋)라고 고친 것도 똑같은 이유였다. 다메마사는 역시 문장박사로 『속본조문수(續本朝文粹)』[5]를 쓴 작가의 한 명이다.

야스타네의 형인 야스노리는 열 살 어린이일 때 이미 법안(法眼)이 밝아 귀신을 보고 아버지께 조심하시라 알렸다고 전해진 그 방면의 천재이고, 또 야스타네의 아버지인 다다유키는 후대 사람들이 요란하게 칭송하는 음양도(陰陽道)의 큰 도사 아베노 세이메이(安倍晴明)의 스승이었으니, 이러한 아버지와 형제 조카를 둔 야스타네도 원래부터 보통사람은 아니었을 것이다.

2

야스타네의 스승인 스가와라노 후미토키 또한 평범한 사

---

5 『속 본조문수(續本朝文粹)』: 1140년 이후에 작성된 헤이안 말기의 한시 문집으로 편자 미상이다. 『본조문수』에 이은 제68대(1016~1036) 고이치조(後一條) 천황에서 제75대(1123~1142) 수토쿠(崇德) 천황에 이르는 약 120년간의 한시문 약 230편이 집록되었다.

람은 아니었다. 당시의 문인인 미나모토노 히데아키(源英明)도 미나모토노 다메노리(源爲憲)도 지금까지 그 문장이 『본조문수(本朝文粹)』[6]에 남아 후대의 사람들이 아직도 그 글재주를 칭송하고 있지만, 그러한 사람들도 모두 후미토키에게 청하여 자기 문장의 첨삭을 받았다고 한다.

어느 날 궁궐 내진연을 개최하고 문학 시종 대신들로 하여금 '궁궐의 꾀꼬리가 새벽빛에 지저귄다(宮鶯囀曉光)'[7]라는 제목으로 한시를 짓도록 하였다.

천황도 예술적 풍류에 마음이 이끌려,

이슬 짙은데 부드럽게 속삭이네, 뜰에 핀 꽃 아래서

---

6 『본조문수(本朝文粹)』: 헤이안 중기의 한시 문집으로 후지와라노 아키히라(藤原明衡, 989?~1066)가 헤이안 초기부터 중기까지의 한시문 427편을 분류하였다. 작성 연도는 아키히라가 문장박사나 동궁박사(황태자의 학우 같은 가정교사로 유교를 가르침)의 요직에 올랐던 고헤이(康平, 1058~1065) 연간으로 추정된다. 아키히라는 귀족·유학자·문인으로 품계는 종4품하이다.

7 천황의 시 "露は濃やかにして緩く語る園花の底, 月は落ちて高く歌ふ御柳の陰", 후미토키의 시는 "西の樓月落ちたり花の間の曲, 中殿灯殘えんとす竹の裏の聲"이다. 『곤자쿠 이야기집(今昔物語集)』 제24권의 26화에 "村上天皇与菅原文時作詩給語", 시제(詩題)는 「宮の鶯曉に囀る」로, 천황의 시 "露濃緩語園花底 月落高歌御柳陰"와 후미토키의 시 "西樓月落花間曲 中殿灯殘竹裏聲"이 있다.

달이 저무니 소리높여 노래하네, 버들가지 그늘에서

라는 시구를 지어 남몰래 흡족해하고 계실 때, 후미토키도
또한 시구를 지어,

서쪽 누각에 새벽달 저무는데 꽃 사이 노래하고
중전의 등불 사라지려 하는데 대숲에서 들려오네

라고 읊었다.

천황이 들으시고 나야말로 이 주제를 완벽하게 지어냈다
고 생각했는데, 후미토키가 지은 것 또한 우수하다고 생각
하시어, 후미토키를 가까이에 불러 "어느 쪽이 더 좋으냐"고
물어보셨다.

후미토키는 "폐하께서 지으신 것이 멋지고 아래 일곱 글
자는 후미토키의 시보다도 훌륭하십니다"라고 말씀드렸다.
'이건 내 눈치를 보면서 말한 것이구나' 하며 다시 강하게
물어보셨다.

그러자 후미토키는 어쩔 수 없이 "실은 폐하께서 지으신
것과 저의 시가 똑같이 좋은 것 같습니다"라고 말씀드렸다.

역시 눈치를 보면서 말했다고 생각하시어 "정말로 그렇다면 선서를 해야 한다"면서 시를 깊이 좋아하시는 나머지 강요하듯 물어보시니, 후미토키는 이에 선서는 하지 않고 "사실은 후미토키의 시가 한 수 위에 있습니다"라고 말씀드리고는 도망쳐버렸기 때문에 웃으시면서 고개를 끄떡이셨다는 이야기다.

3

이러한 후미토키의 시문은 일명 간산본(菅三品)의 작품으로 지금까지 칭송받으며 전해지고 있는데, 야스타네는 실로 당시의 거장인 이 사람의 수제자였다. 역병이 유행하던 해에 '어떤 사람의 꿈에서 역병의 신이 후미토키의 집에는 들어가지 않고 그 집 앞에서 크게 절하며 지나가는 것을 보았다'라는 말이 전해질 정도로 그 시대 사람들에게 존숭받은 간산본의 문하생으로서 배우며 재주와 식견이 날로 넓어지니, 그 명성이 세상에 알려진 야스타네는 시험에 응하여 급제하고 관직도 올라가 다이나이키(大內記)[8]에까지 이르렀다.

도모히라 친왕(具平親王)[9]은 시문을 좋아하여 당시의 문인 학사들을 글벗으로 가까이하는 일이 많았다. 기노 마사나(紀齊名)[10], 오에노 모치토키(大江以言)[11] 등은 항상 모두 모셨는데 그중에서도 야스타네를 스승으로 각별히 예우했다고 한다.

그러나 야스타네는 일찍이 어지러운 인간사에만 마음이 쏠리는 것이 아니라, 당시의 형세라고는 하지만, 출세간(出世間)의 맑고 고요한 경지에 마음이 이끌리고 있었기 때문에, 친왕을 위해 설법을 해야 할 것은 하고 가르침을 드릴 것은

~~~~~~~~~~

8 다이나이키(大內記): 일본 조정에서 정6품상 이상에 상당하는 지위로, 조칙의 기초, 천황의 동정에 관한 기록, 位記(위기)의 작성 등을 담당한다.

9 도모히라 친왕(具平親王, 964~1009): 일본 제62대 무라카미(村上) 천황의 일곱 번째 황자로, 어릴 적부터 지적 호기심이 많았다고 한다. 탁월한 문인으로 알려져 있으며 제66대 천황의 이치조 조정(一條朝, 986~1011)에서는 문단의 중심인물이었다. 시가·관현악을 비롯하여 서도·음양도·의술에도 통달했으며, 친왕이 만든 시가는 『슈이 와카집(拾遺和歌集)』을 비롯한 칙찬(勅撰) 와카집과 『본조여조(本朝麗藻)』, 『화한낭영집(和漢朗詠集)』, 『본조문수』 등에 남아있다.

10 기노 마사나(紀齊名, 957~1000): '기노 다다나'라고도 한다. 헤이안 중기의 귀족·관리, 한시인이다. 저서 『기노 마사나집(紀齊名集)』은 현존하지 않지만, 한시집 『부상집(扶桑集)』을 편집한 공적은 크게 평가받는다. 『본조문수』 등에 시문이 남아있다. 품계는 종5품상이다.

11 오에노 모치토키(大江以言, 955~1010): 헤이안 중기의 귀족·관리, 한시인이며 문장박사이다. 『모치토키집(以言集)』은 현존하지 않으나, 『본조문수』 등에 시문이 남아있다. 품계는 종4품하이다.

드리되, 그 일이 대충 끝나고 나면 자기는 자기대로 눈을 지그시 감고 입속에서는 어렴풋이 뭔가 염불하듯이 하고 있었다고 한다. 생각은 불토(佛土)를 배회하고 불경의 중요한 문장 등을 가만히 염송했을 것으로 생각된다. 상당히 괴이한 스승의 태도였겠지만, 당면한 것을 착각하는 것도 아니고 약간의 딴마음을 불도로 끌어들인 것뿐이니 친왕이 책망할 필요는 없었을 것이다. 원래부터 광언기어(狂言綺語), 즉 시가를 불교찬양의 연줄로 인정했던 백낙천(白樂天)[12]의 사상 같은 것이 야스타네가 인정했던 세계임은 의심할 여지가 없다.

4

이 야스타네에 대해서는 친왕도 문장의 아름다움만을 중요시하는 다른 문객을 대하는 것과는 당연히 다른 대우를 하셨겠지만, 그래도 시문에 관해서는 물어보려고 하는 것이

12 백낙천(白樂天, 772~846): 중국 당나라 시인 백거이(白居易)이다. 현존하는 문집은 71권이며, 시와 문의 총수는 약 3,800수로, 시의 내용도 다채롭다.

자연스러운 일이어서, 어느 날 당세 문인의 품평을 요구하셨다.

그러자 야스타네는 어쩔 수 없이 대답을 드렸다. "마사나의 시문은 달이 휘영청 밝아 좋은 밤에 약간 오래된 고급 노송나무껍질 지붕[13]을 얹은 집의 드리워진 발 사이사이 안쪽에서 여인이 쟁(箏)을 멋들어지게 연주하는 것처럼 들립니다"라고 말씀드렸다.

모치토키는 또 어떠냐고 말씀하시자, "흰 모래 깔린 뜰 앞, 짙푸른 소나무 그늘 밑에서 능왕(陵王)[14]의 무악(舞樂)을 연주하는 것과 같습니다"라고 말씀드렸다.

오에노 마사히라(大江匡衡)[15]는 어떠냐고 물어보시자, "말

---

13 노송나무껍질 지붕: 원문은 히와타부키(檜皮葺)로, 노송나무껍질로 지붕을 만든 것인데 가장 오래된 것은 668년의 숭복사(崇福寺) 건물에 사용되었다는 기록이 있다. 나라·헤이안 시대 초기까지는 공적인 건물은 기와로, 사적인 건물은 히와타부키로 만들었는데, 중기 이후에는 국풍 문화의 영향으로 공공건물의 지붕은 물론, 귀족들의 저택에도 사용되면서 기와보다 더 격식이 높은 기법이 되었다.

14 능왕(陵王): '난릉왕(蘭陵王)'이라고도 한다. 일본 아악의 곡명으로, 무사다운 용맹함과 우아함을 겸비한 중국풍의 느낌이 남아있는 곡이다. 북제의 난릉왕 장공(長恭)이 그 미모를 숨기기 위해 가면을 쓰고 전쟁에 나가 대승을 거두었다는 고사에서 유래되어 만들어졌다.

15 오에노 마사히라(大江匡衡, 952~1012): 헤이안 중기의 귀족. 가인, 한시인이며 문장박사이다. '중고 36가선'의 한 명이며 정4품하이다.

탄 몇 명의 날쌔고 용감한 무사가 갑옷을 입고 준마를 채찍질하며 아와즈(粟津)의 바닷가[16]를 내달리는 것과 같고 그 칼끝은 위엄이 있어 당할 자가 없어 보입니다"라고 말씀드렸다.

친왕이 흥에 취하시어 "그럼 자네 것은?" 하고 물어보시자, "옛 간다치메(上達部)[17]가 빈랑 나뭇잎으로 장식된 우차의 가마[18]를 타고 가는데 때로 그 소리가 들리는 것과 같습니다"라고 말씀드렸다.

장단 고하를 이러쿵저러쿵 말씀드리지 않고 자기 스스로 느낀 그 시품(詩品)을 있는 그대로 말씀드렸다. "참으로 당나라 사공도(司空圖)[19]의 시품보다도 우수하고 대단히 우아하

---

16 아와즈(粟津)의 바닷가: 이시카와(石川)현 고마쓰(小松)시에 위치한 해안이 드넓은 바닷가이다.

17 간다치메(上達部): 섭정(攝政)에서 주나곤(中納言)에 이르는 3품 이상 및 4품인 참의(參議)까지의 당상관의 총칭이다.

18 빈랑 나뭇잎으로 장식된 우차의 가마: 빈랑 나뭇잎을 잘게 찢은 것(檳榔毛)으로 장식한 가마를 소가 끄는 것으로 상황이나 친왕, 고관, 조정의 여성 관리, 고승들이 주로 탔다.

19 사공도(司空圖, 837~908): 당나라 말기의 시인으로 자는 표성(表聖)이다. 기품이 높은 시풍으로 알려진 『사공표성문집·시집(司空表聖文集·詩集)』이 있고, 시론서인 『이십사시품(二十四詩品)』도 후세의 시 평론에 큰 영향을 미쳤다.

게 대답하였다"라며 친왕도 감동하고 당시 사람들도 극찬했다.

마사나, 모치토키, 마사히라, 야스타네들의 시문은 모두 지금도 남아있으니까 이 평이 맞는지 안 맞는지는 누구라도 검토할 수 있겠지만, 평의 맞고 틀림보다도 평하는 법이 매우 운치가 있고 선금(仙禽)이 저절로 그윽하게 울게 할 정도의 취향이 보이는 것은 야스타네 그 사람을 보는 것 같아 재미있다고 말하고 싶다.

5

욕심을 버리고 불도에 들어가기로 마음을 정한 사람은 대개는 인생에서 무슨 차질이 생기거나 실패로 곤궁해지거나 하고, 그리고 난 후에 일단 깨달음을 얻어 지난날을 돌아보고는 지금까지 걸어온 길과는 반대의 길로 가는 것인데, 야스타네는 특별히 그러한 계기가 있어서 전향했다고 보이지는 않는다.

원래 온화한 성품에다 인자한 마음이 보통사람보다 뛰어

나고, 게다가 유교의 인, 불교의 자비라고 하는 것을 순순히 받아들여서, 사람은 마땅히 그래야 한다고 믿고 또 그러고 싶다고 생각하였다. 학문의 수행과 증득이 점점 진전됨에 따라 날이 갈수록 그 경향이 심해지고 또 그 경향이 더욱 격해질 것을 끝없이 희구하였으니, 이것이 진실도(眞實道), 이것이 무상도(無上道), 이것이 청정도(淸淨道), 이것이 안락도(安樂道)라고 믿고 있었음을 의심할 여지가 없다.

이처럼 야스타네는 본래부터 자비심이 강한데다 스스로 억지로라도 자비심을 갖고 살아야겠다 다짐하고 힘썼기 때문이었던 것일까, 다음과 같은 이야기가 전해지고 있다.

어느 날이었는지, 야스타네는 사람들의 왕래가 빈번한 도시의 큰길 사거리에 서 있었다. 큰길이어서 신분이 고귀한 사람도 지나가고, 비천한 사람도 지나가고, 직공도 지나가고, 장사꾼도 지나가고, 노인도 지나가는가 하면 부인도 지나가고, 어린아이도 지나가는가 하면 장부도 지나가고, 목에 힘주며 지나가는 자가 있는가 하면 비실거리며 지나가는 자도 있었다. 어쨌든 큰길이니 이상할 것은 없다.

때마침 또 상당히 무거워 보이는 부피가 큰 짐을 싣고 숨을 헐떡이며 큰 수레의 멍에에 묶여서 침을 질질 흘리고 다리에 힘을 주면서 끌려가던 소도 있었다. 이 또한 소나 말을 부리던 시대라 아무런 이상할 것이 없는 일이었다. 소는 있는 힘을 다해서 걷고 있다. 그런데도 소 주인은 소가 하는 일이 뭔가 마음에 안 드는지 이것을 채찍질하고 있다. 매질하는 소리는 났다가 사라지고 사라졌다가는 또 났다. 이것도 세상에 흔히 있는 일로 아무런 이상한 일도 아니다. 야스타네는 불교의 소위 육도(六道)[20]와도 닮은 이 사거리의 풍경을 보면서, '의기양양한 사람, 홀로 있는 사람, 악착같은 사람, 근심하는 사람, 오호라, 오호라, 세상 이치란 또한 이러한 것이었을 뿐이구나' 생각도 했을 것이다. 그러나 그 후에 그 늙은 소가 사력을 다하는데도 또 매질을 당하는 것을 보니, '아아 지쳐버린 소, 혹독한 매질, 짐은 무겁고 갈 길은 멀고, 햇빛은 불타서 땅은 뜨겁게 달아올랐고, 물을 마시고 싶건만 물방울도 구할 수 없는 그 괴로움은 또 얼마나 크겠는가. 소의 눈빛이라 했던가. 남을 꺼리는 그런 눈빛만이 알 수

---

20 육도(六道): 지옥, 아귀, 축생, 수라, 인간, 천상의 세계를 가리킨다. 저승과 이승을 나누는 경계로, 예로부터 '저 세상의 입구'라 불리는 교차로를 말한다.

없는 속마음을 내보이는데, 그걸로 대체 무엇을 호소하려는 것일까. 아아 소야, 너는 어찌하여 우둔하게도 소로 태어난 것이냐, 너는 지금 도대체 무슨 죄가 있기에 그 매질을 당하는 것이냐', 하는 생각이 들었는데, 그 순간에 철썩하고 또 매질하는 소리가 들리니, 야스타네는 눈물을 뚝뚝 흘리면서 '나무아미타불 구제해주십시오, 제불 보살(諸佛菩薩) 나무아미타불, 나무아미타불' 하고 염불했다는 것이다.

이런 일이 한두 번도 아니고, 또 혹은 직접 방편이 있었던 경우에는 소나 말이나 그 외의 것이 당면한 고생을 구해준 적도 자주 있었기에 그 소문은 마침내 오늘날까지 남아서 전해진 것이리라.

소를 몰고 말을 타는 것은 태곳적부터의 일로, 세상 이치로 치면 야스타네의 행동 같은 것은 어리석은 짓이지만, 이처럼 느끼는 것이 거짓도 그 무엇도 아니고, 또 이처럼 느끼고 이처럼 염불하는 것이 옳고 선한 것이라 믿고 있는 사람에 대해서는 세상 이치를 기준으로 한 지우(智愚: 지혜롭고 어리석음)의 판단 같은 것은 원래부터 어떻게 할 수도 없는 무력한 것이었다.

또 불교 이치를 기준으로 한다고 해도 이처럼 자비의 생각만을 지극히 베푸는 것이 반드시 가능한 것은 아니고, 때에 따라서는 이런 것을 마경(魔境)에 빠진 것이라 비난하는 경문도 있지만, 야스타네의 행동은 자비심이 지나쳐서 그로 인해 법에 어긋나는 일로 치달은 것도 그 무엇도 아니어서 애당초 비난할 수도 없는 일이다.

다만 세상 이치는 자비와 어짊만으로는 성립되지 않는다. 인(仁)의 반대라기에는 좀 이상하지만, 의(義)라고 하는 것이 세워져 있어서 의는 이(利)와 어우러진다고 한다. 인만이 지나쳐서 이와의 조화를 잃으면 균형이 안 맞고 불편하게 되어 약간 이상해지고 만다. 그러므로 야스타네의 오로지 자인(慈仁)에만 치우친 기세로는 야스타네 자신을 힘들게 하는 일이 일어나는 것도 자연스러운 일이다. 그러나 그것도 순정으로 강행하는 야스타네 같은 사람에게 있어서는 세상 이치 같은 것은 자기 주변만 밝히는 등불의 심지 같은 것이라고 말해버리면 그것으로 끝나는 것이다.

6

어느 날 야스타네는 다이나이키(大內記)의 관직에 있는 관계로, 급한 부름을 받아 궁으로 입궐하는 길이었다. 에몬후(衛門府)라는 것이 황실 호위의 관아로서 좌우에 있다. 그 좌위문(左衛門)의 진을 친 부근에서 한 여자가 매우 괴로운 듯이 울면서 서 있었다. 소와 말에게조차 비련(悲憐)의 눈물을 아끼지 않는 야스타네이니, 젊은 여자가 괴로워하며 울고 있는 것을 보고 남의 일처럼 지나칠 수는 없었다. 불쑥 다가가서 "무슨 일로 그렇게 울며 괴로워하시나" 하고 위로하며 물었다. 여자는 대답하기를 주저했지만, 친절하게 물어주기에 "실은 남편의 심부름으로 예복용 석대(石帶)를 남에게 빌려서 가져가고 있었는데 바보같이 길에서 그것을 떨어뜨려 잃어버리고 찾아 헤맸지만 비슷한 것조차 없으니 어쩔 도리가 없어 땅에 구멍이라도 있으면 들어가 사라지고 싶은 심정입니다. 남편의 심부름도 못 하고, 남의 물건도 잃어버리고, 살아서도 죽어서도 몸 둘 곳이 있을 것 같지도 않아서요" 하고 흐느껴 울며 더듬더듬 말했다.

석대라고 하는 것은 검게 옻칠한 가죽으로 만든 허리띠인

28

데 그 바깥 부분에 돌을 붙여 장식한 것이다. 당시 남성들의 정식 복장인 의관 속대(衣冠束帶)의 관복 허리띠이며 위계에 따라서 정해진 것이 있어 기이(紀伊)[21] 석대, 이즈모(出雲)[22] 석대 등이 있는가 하면, 돌 모양에도 네모난 것이 있는가 하면 둥근 것도 있다. 석대를 빌려오게 했다는 이야기는 여자의 남편이 물론 조정의 입궐을 앞두고 있어 벗에게 빌려달라 부탁했다는 건데 그것을 떨어뜨렸다면 말할 것도 없이 바보 같은 일이니 그 곤혹스러움도 또한 말할 것도 없지만, 그 남편도 이렇게 되어서는 얼마나 곤혹스럽겠는가. 어떻게든 해주고 싶지만 지금 당장은 아무것도 해줄 수가 없으니 어쩔 도리 없다, 내가 지금 차고 있는 석대를 빌려줄 수밖에 방법이 없다고, 자기가 지금 급히 입궐하는 처지임을 돌아볼 틈도 없이, "그래그래, 그렇다면 이 석대를 빌려줄 테니 어서 어서 남편에게 가지고 가시오" 하며 야스타네는 자기가 차고 있던 석대를 풀어서 쑥쑥 빼내어 여자에게 건네주었다. 여자는 불보살(佛菩薩)을 만난 기분이 들어 두 손을 마주 모

---

21 기이(紀伊): 지금의 교토(京都)·나라(奈良)·오사카(大阪) 부근의 지명이다.
22 이즈모(出雲): 지금의 시마네(島根)현 중동부의 지명이다.

아 합장하며 절을 하고 기뻐하며 씩씩하게 서둘러 재빨리 달려가 버렸다.

야스타네는 남의 다급함을 구할 수 있었기에 우선 당장은 한시름 덜어 안심했지만, 아, 이번에는 자기가 찰 석대가 없네. 석대가 없어서는 나설 곳에 나설 수가 없다.

아무리 불심선골(佛心仙骨)의 야스타네라도 자기가 성급히 저지른 일에 대해 새삼 곤혹스럽게 생각했을 것이다. 그러고는 "한쪽 구석에 석대도 없이 숨어있었는데"라고 『이마카가미(今鏡)』[23]에는 적혀있는데, 그 한쪽 구석이란 어디의 한쪽 구석인지, 에몬후의 한쪽 구석이기라도 한 것인지 분명치 않다. 여하튼 난처해져서 우물쭈물하며 마음의 평정을 잃고 있었음은 충분히 짐작할 수 있다. 그 모습은 상상만 해도 우스워 참을 수가 없다.

궁중의 의식이 바야흐로 시작되려고 하는데 야스타네가 아직 나타나질 않으니 담당 신료는 너무 늦는다며 기다리다

---

23 『이마카가미(今鏡)』: 『오오카가마(大鏡)』에 이은 1025년부터 13대에 걸친 천황의 146년간을 기전체로 묘사한 헤이안 말기의 역사 이야기로, 작가 미상이다. 150살도 넘은 노파에게서 들은 이야기를 기록했다는 형식을 취했다.

못해 찾으러 나섰다. 이윽고 이 모습을 발견하고는 서로 어처구니가 없어 이상한 얼굴로 마주 보았을 것이다. 하지만 궁중의 의식이 급한지라 그대로 있을 수는 없을 터. 야스타네의 면목 없음도, 남들의 성가시기 짝이 없음도 의식을 진행하는 중요함에 잊혀버려서 결국 남들의 신세를 지고 창고의 관리인인가 하는 사람에게 석대를 빌려서 간신히 안에 들어가 궁중의 의식은 끝까지 잘 마쳤다고 한다.

이 이야기는 의심스러운 곳도 있지만, 전혀 터무니없는 것도 아닐 것이다. 어떻든 상당히 엉뚱한 이야기이기는 하다. 그러나 크게 왜곡된 이야기라고 해도, 이 이야기로 인해 야스타네라고 하는 사람이 얼마나 요령이 부족하고 세상 이치에 어두웠는가 하는 것은 유감없이 잘 드러난다.

이래서는 아무리 재주와 학식이 있고 선량한 사람이라도 세간을 위기 없이 살아갈 수는 없었을 것이라고 생각이 든다. 더욱이 관직에서의 입신출세 등은 동서상거(東西相距) 삼십 리만큼이나 멀고 멀었을 것이다.

7

이와 같은 사람이었다고 한다면 어지간히 약삭빠른 아내라도 얻지 않는 한, 집안 살림 등은 엉망이 되었을 게 틀림없다. 그렇기에 '마음은 산속에 있고 집은 마련하지 않는다'고 하면 꽤나 좋은 것처럼 들리지만, 실은 어쩔 수 없는 셋집살이로 오랫동안 늘 조토몬(上東門)²⁴의 남의 집에서 살고 있었다. 그래도 점점 나이를 먹어서는 하다못해 자고 일어나는 것만큼은 자기 집에서 하고 싶은 게 인지상정이니까 야스타네도 로쿠조(六條)의 황량한 데서 저렴한 것을 구매하여 자기 집을 마련했다. 물론 멋진 저택이 아니라는 것은 의심할 여지가 없지만, 그래도 역시 자기가 마련한 것이니까 그 집에 대해서 기록을 하고 있다. 그것이 오늘날 남아있는 『지테이키(池亭記)』이다.

기록에는 먼저 교토(京都) 동서의 성쇠를 서술하고, 시조이북(四條以北)²⁵, 서북쪽과 동북쪽인 건간(乾艮) 양쪽의 번영

---

24 조토몬(上東門): 교토 궁중의 동북쪽에 있는 외곽문의 하나이다.
25 교토(京都)는 헤이안 시대의 수도로서 바둑판처럼 도시가 구획되어 있는데, 궁중이 1조에서 2조까지이고 남쪽으로 거듭 내려가서 9조까지 있다.

은 도저히 자신들이 사는 것을 허락하지 않는다고 말하며, 로쿠조 이북(六條以北)의 궁벽(窮僻)한 땅에 십여 무(畝)[26]를 구한 것을 다행으로, "지대가 높은 곳에는 작은 산을 만들고, 웅덩이가 있는 곳에는 작은 연못을 만들어 연못의 서쪽에는 작은 당(堂)을 두어서 아미타부처를 편안히 모시고, 연못 동쪽에는 작은 서고를 만들어 서적을 넣어두고, 연못 북쪽에는 나지막한 집을 지어서 처자식을 살게 했다"고 써 놓았다. 아미타당(阿弥陀堂)을 둔 것은 과연 야스타네다운 취향으로, 어차피 아담한 당이긴 하겠지만, 그곳에 아침저녁 찾아가서 향을 사르고 꽃을 바치며, 예배, 송경(誦経)하고, 마음 차분하게 '나무아미타불' 했을 성실함과 점잖음은 참으로 선량한 인품일 것이다.

무릇 가옥이 십의 사, 연못의 물이 구의 삼, 채원(菜園)이 팔의 이, 미나리밭이 칠의 일이라고 적혀있으니 전반적인 모습은 상상할 수 있으나, 칠의 일이 재미있다. 연못 속 작은 섬의 소나무, 물가의 버드나무, 작은 나무다리, 북문의 대나무, 정원사가 칭찬할 만한 것은 무엇 하나 없고, 또 선생의

---

26 무(畝): 전답의 면적 단위로, 밭의 경우 약 백 평에 해당한다. 한국의 '마지기'와 비슷하다.

눈살을 찌푸리게 할만한 소에게 운반시킨 큰 돌 등도 도무지 보이지 않더라도 단촐하고 차분한 정원의 모습은 과연 좋은 정취가 없는 건 아니라고 생각된다.

"내 나이 이제 드디어 쉰 살이 되려 하는데 때마침 작은 집이 생겼다. 작고 초라한 와사(蝸舍: 달팽이집)에 만족하여 이가 옷의 바느질 틈을 즐긴다"라고 말하고 있는 것도 보잘것없어 보이지만, 그 본질을 잃지 않아서 좋다.

"집주인 직책은 궁중에 있다고 해도 마음은 산중에 사는 것과 같다. 벼슬은 운명에 맡긴다. 하늘의 기능이 두루 널리 미치도다. 수명은 하늘의 뜻에 따른다. 공자의 말처럼 항상 기도하며 살고 있다."라면서 내면적인 힘으로 기염을 토하고 있는 것도 거짓이 아니니 미워할 수가 없다.

"조정에서 일하며 몸은 잠시 왕권에 따르고, 집에 있으면서는 마음 깊이 부처님에게 귀의한다."라고 하는 것은 유가(儒家)로서는 탄복할 수 없으나 본인으로서는 솔직한 말이다.

그 "한(漢)나라의 문황제(文皇帝)[27]를 시대를 달리 한 주군

27 문황제(文皇帝, BC 203~BC 157): 중국 전한(前漢)의 제5대(BC 180~BC 157) 황제. 농업을 장려하고 육형을 폐지하여 사회가 안정되었으며, 스스로는 검약과 효행을 하는 등, 인정(仁政)을 펼쳤다고 평가받는다.

으로 섬긴다."라고 말하고 있는 것은 수긍이 가지 않으나 그 바로 뒤에 "검약(儉約)을 좋아하며 백성을 걱정하는 것을 두고 말한다."라고 했다. 도대체가 시대를 달리 한 주군이라는 말은 이상한 것이지만, 아마도 마음속으로 우러러 받드는 사람이라는 정도를 말하는 것이리라. 검약을 좋아하며 백성을 걱정하는 군주는 참으로 본받아야 할 군주라고 생각하고 있었기 때문일까, 어쨌든 당시의 군주를 사치스럽고 백성을 힘들게 하는 분이라고 간주하는 듯한 신하의 도리에 어긋나는 마음을 갖고 있었던 것은 절대로 아닐 것이다. 다만 검약을 좋아하며 백성을 걱정한다는 글자를 뽑아내어, 이런 이유로 한나라 문황제를 숭모(崇慕)한다고 한 것에 대해서는 다른 의견이 전혀 없는 것은 아니다.

그것은 이 기록의 서두에 "이십여 년 이래 교토의 동서를 둘러보니 운운(云云)"이라고 쓰기 시작하여, 번영한 곳은 고대광실 천지로 그 가치가 이삼 백 평에 천만 전(千万錢)에 이르는 것을 말하고 있는데, 야스타네의 스승인 스가와라노 후미토키가 덴랴쿠(天曆) 11년(957) 12월에 상소문 삼조(三條)를 올린 것이 정확히 20여 년 전의 일로, 당시 문화가 날로 발전하여 사치스러운 풍조가 날로 심해지고 있었던 것은 분명하다. 후미토키가 사치를 금지하고자 청한 내용에는 "바야흐로 고당연각(高堂連閣: 큰집과 여러 전각이 늘어선 모습), 귀천이 모두 그 거처를 웅장하게 만들고, 의복은 화려하며 빈부가 똑같이 그 만드는 것을 광활하게 하고 있다."라면서 "부유한 자는 산업을 기울게 하고 가난한 자는 가산을 잃고 만다"라는 말로 이미 그 폐단이 나타남을 말하고 있다.

물가는 계속 뛰어올라 국가의 세출은 점점 부족해지고, 관직을 팔아 재물로 바꾸는 일까지 생기게 된 것은 동 상소문의 제2조에 보이는데, "만약 국가의 세출을 걱정한다면 당장 매사에 기필코 검약해야 한다"라고 후미토키가 간곡히 설득하고 있다. 이후 20여 년, 세태는 드디어 변하여 점점 더 화려하고 사치스러워졌을 터이니 야스타네와 같은 점잖은 사람의 눈으로는 검약안민(儉約安民)하는 권력자를 동경하게 되었을 것이다.

다음은 "당나라의 백낙천을 다른 시대의 스승으로 섬긴다. 시구에 능하고 불법(佛法)에 귀의한 것을 두고 하는 말이다."라고 기록하고 있다. 백씨를 시종(詩宗)으로 섬긴 것은 야스타네 뿐만이 아니라 당시 사람들 모두가 그랬다. 야스타네가 특히 백씨를 존경하는 이유는 시구에 능했을 뿐만이 아니라 백씨가 불법에 귀의한 바가 있었기 때문이다. 그런데 백씨는 부엌의 노파를 기준으로 삼아 시를 지은 사람이기 때문에[28] 그 이익도 얻었겠지만, 딱하게도 그 폐해 또한 있었다. 또 백씨는 당나라 사람의 관습에 따라 미래불인 미륵보살의 제자였을 텐데, 야스타네가 과거불인 아미타여래의 제자인 것은 이상하다.

그다음에 "진(晉)나라의 칠현(七賢)[29]을 다른 시대의 친구로 섬긴다. 몸은 조정에 있으나 뜻은 은둔하고자 한 것을 두고 말한다."라고 기록하고 있다. 이른바 죽림칠현은 모두 멋진 사람들임에 틀림이 없으나 마음속에는 계산을 품고 있던 듯한 방심할 수 없는 이도 있으니, 뜻밖에 야스타네 쪽이 좋은 아버지였을지도 모르겠다. 이처럼 서술했다고 해도 어차피 문해(文海)의 신기루이니 처음부터 허실을 따질 필요는 없으나, 야스타네는 매일 이런 사람들을 만나고 있었던 것이었다.

---

28 백거이는 시를 지을 때마다 글을 모르는 노파에게 읽어주며 그 이해하는 것을 보고 비로소 기록하였다고 한다. 그래서 '할머니가 능히 이해할 수 있다'는 뜻의 노구능해(老嫗能解)라는 말이 생겼다고 한다.

29 진(晉)나라의 칠현(七賢): 중국 진나라 초기에 죽림에 모여 노자와 장자의 무위 사상을 기초로 세속을 초월한 청담을 일삼던 일곱 명의 선비이다. 완적(阮籍), 완함(阮咸), 혜강(嵇康), 산도(山濤), 유영(劉伶), 상수(向秀), 왕융(王戎)을 말한다.

그리고 "근자의 세상사는 하나도 따라 할 것이 없다. 스승이라는 사람이 부귀를 앞세우며 글로 질서를 지키지 않는다면 스승은 없느니만 못하다. 친구라는 사람이 권세와 이익으로 다가와 맑은 마음으로 지내지 않는다면 친구는 없느니만 못하다. 나는 대문을 닫고 방문을 잠그고 혼자서 시가를 짓고 혼자서 시가를 읊는다."라며 스스로 만족하고 있다.

"오와(應和, 961~964) 이래 세상 사람들은 고대광실 세우길 좋아하고 대부분 호화장식을 하기에 이르렀다. 그 비용 또한 몇천만, 그곳에 사는 것은 겨우 이삼 년, 옛사람 중에는 이런 것을 만든 사람이 없다고 할 수 있다. 이 말이 정말일까."라고 비웃으며 자신의 노년에 이르러 작은 집을 세운 것을 "늙은 누에가 고치를 만드는 것과 같다"라며 웃는다. 또 "그곳에 얼마나 살겠는가."라며 혼자서 웃고 있다. 늙은 누에가 고치를 만드는 것과 같다는 것은 역시 좋다. 이 『지테이기』를 쓴 것이 덴겐(天元) 5년(982)의 겨울, 야스타네 48, 9세라고도 추측된다.

8

  야스타네가 『일본왕생극락기(日本往生極樂記)』[30]를 저술한 것은 이 로쿠조의 지테이(池亭)에 살던 때였던 것 같다. 지금 남아있는 이 서적은 조산대부저작랑(朝散大夫著作郎) 교호인 (慶保胤) 펴냄[31]이라고 서명이 되어있는데, 그것에 따르면 야스타네가 아직 관직을 사퇴하기 전에 책을 쓰기 시작한 것으로 생각되기 때문이다.

  그 책에 서술하길, 야스타네 스스로, "내가 젊어서부터 날로 아미타불을 염불하다가 향년 사십 이후 그 의지가 더욱 더 강해졌다. 입으로는 그 이름을 소리 높여 뇌고, 마음으로는 그 형상을 보면서 잠시도 잊지 않고 일상의 행주좌와(行住坐臥: 걷고 서고 앉고 누움)도 꼭 이것에 따라 행동하였다. 그 당사 탑묘(堂舍塔廟)에는 아미타의 조각 형상이 있고 극락정토의

---

30 『일본왕생극락기(日本往生極樂記)』: 가모노 야스타네의 저서로 985~987년 쯤에 쓰여졌다. 쇼토쿠태자(聖德太子)를 비롯하여 황족에서 승려·서민에 이르는 45명의 왕생을 한문체로 기록한 일본 최초의 왕생전이다.

31 조산대부(朝散大夫): 일본 고대의 관직으로 종5품하의 또 다른 칭호이다. 저작랑(著作郎): 일본 고대의 관직으로 나이키(內記)의 또 다른 칭호이다. 교호인찬(慶保胤撰): 가모노 야스타네를 한자음으로 읽어 교호인 펴냄이라고 읽혔다.

그림이 있다. 그것을 본 사람은 경배를 하지 않는 적이 없고, 도속남녀(道俗男女) 모두가 극락에 뜻을 두고 왕생을 바라는 사람은 결연(結緣)을 하지 않을 수 없다."라고 말하고 있다. 사십 이후 도심(道心)이 날로 끝없이 깊어지는데, 게다가 아직 관직을 사퇴하기 이전이니까 자타의 신념 권진(信念勸進)을 위해서 왕생 사실의 참된 증험을 기록하여 본 조정 40여 인의 전기를 쓴 것이다.

맑고 고요한 지테이 안에서 염불하는 틈틈이 붓을 잡아 불보살(佛菩薩)의 인접을 받은 선남선녀의 지난 행적을 차분히 기록한 야스타네의 조석은 얼마나 속세를 초탈한 청정삼매(淸淨三昧)한 것이었을까.

이 『왕생극락기』는 그 서문에 보이듯이 당나라의 홍법사(弘法寺) 승려 석가재(釋迦才)[32]가 『정토론(淨土論)』에서 안락 왕생한 자 20인을 기록한 바에 따른 것인데, 야스타네가 왕생한 후, 오에노 마사후사(大江匡房)[33]는 또 야스타네의 『왕생

<hr>

32 석가재(釋迦才): 가재(迦才, 생몰년 미상)는 당나라 초기의 정토교 승려이다. 장안(長安)의 홍법사에 살며 섭론종(攝論宗)을 배운 후에 정토교(淨土敎)로 귀의했다. 『정토론』은 최초의 왕생전으로, 왕생인 20명에 대해 기술되어 있다.

33 오에노 마사후사(大江匡房, 1041~1111): 마사히라(匡衡)의 증손으로, 헤이안 후기의 공경, 유학자, 가인(歌人)이며, 품계는 정2품이다.

전』의 선례를 따라 『속 본조왕생전(續本朝往生伝)』[34]을 저술하고 있다. 그리고 그 『속전』에는 야스타네도 채록되어 있으니까 법연 미묘(法緣微妙)하고 옥환(玉環)이 서로 잇닿아 있는 것과 같다.

마사후사의 『속 왕생전』 서술에 "간나(寬和, 985~987) 연간에, 저작랑 교호인(著作郞慶保胤)이 왕생전을 만들어 세상에 전하다"라고 적혀있는 것에 따르면 야스타네가 『왕생전』을 저술한 것은 정확하게 야스타네가 승복을 입기 전년, 51, 2세쯤, 그가 로쿠조의 지테이에 살고 있었을 무렵이기도 할 것이다.

9

야스타네가 지테이를 지었을 때는 스스로 기록하길 "늙은

---

34 『속 본조왕생전(續本朝往生伝)』: 『일본왕생극락기』의 뒤를 이어 왕생자 42명의 행업(行業)을 한문체로 기록하였다. 1101~11년에 오에노 마사후사에 의해 작성되었다. 천황, 공경, 승려, 속세의 남자·여자의 순서로 기록되었는데, 저자와 가까운 사람들의 이야기가 많이 전해진다.

누에가 고치를 만드는 것과 같다"라고 했는데, 늙은 누에는 고치 속에 오래 있을 수가 없었다. 덴겐(天元) 5년(982)의 겨울 그 집이 완성되고 그 서책이 기록되기 시작했으나, 그 이듬해인 에이간(永觀) 원년(983)에는 『왜명류취초(倭名類聚抄)』[35]의 편찬자인 미나모토노 시타고(源順)[36]가 죽었다.

시타고도 박식하고 문장에 능통한 사람이었는데, 훗날 오에노 마사후사가 근래의 재인(才人)에 대해 논하면서 '다치바나노 아리쓰라(橘在列)[37]는 미나모토노 시타고(源順)에게 미치지 못하고, 시타고는 모치토키(以言)와 가모노 야스타네에게 미치지 못한다'라고 단정 지었다.

야스타네와 시타고는 서로가 별로 관여하는 일이 없었으

---

35 『왜명류취초(和名類聚抄)』: 931~938년에 걸쳐 미나모토노 시타고가 편찬한 사전으로, 현재의 국어사전 외에 한자 사전이나 백과사전 등의 요소를 포함하는 것이 특징이다.

36 미나모토노 시타고(源順, 911~983): 헤이안 중기의 귀족·가인·학자이며, 품계는 종5품상이다. 나시쓰보(梨壺) 5명 중의 한 명이며, 36가선(歌仙) 중의 한 명이다.(951년에 무라카미 천황의 칙명으로 궁중 나시쓰보에서 와카집의 편찬 및 해석 등을 연구한 5명의 가인을 나시쓰보 5명이라고 한다.)

37 다치바나노 아리쓰라(橘在列, 생몰년 미상): 헤이안 중기의 귀족·한시인(漢詩人)이며, 품계는 종5품하이다. 50대에 출가하여 953년경에 60여 세로 사망하였다. 가인인 미나모토노 히데아키는 '다치바나 경은 정말로 천재다'라며 아리쓰라를 높이 평가했다. 제자로 미나모토노 시타고가 있다.

나 토끼가 죽자 여우가 슬퍼하는 도리로, 선배격인 마음의 벗이 점차 조락(凋落)해 가는 것은 그렇지 않아도 마음씨 고운 야스타네에게는 불도 입문의 염원을 보태는 일이기도 했을 것이다. 세상은 점점 각박해져서, 백성은 편치 않고 작년에는 여러 지방에서 도적이 생기고 올해는 교토 시내에서 함부로 무기를 휴대하는 자를 잡겠다는 영(令)이 나오기에 이르렀다. 특별히 야스타네의 신변에 무슨 일이 생긴 것은 아니지만, 이전부터 가지고 있던 도심(道心)이 더욱더 무르익었기 때문일 것이다. 야스타네는 마침내 간나(寬和) 2년 (986)을 마지막으로, 자기가 애써 마련한 고치를 스스로 물어뜯고 나와 삭발 출가를 결행했다.

계사(戒師)가 누구였는지 어떤 서책에도 보이지 않지만, 야스타네 정도로 선한 믿음을 가진 사람에게는 길옆의 삼나무라도 논둑에 세워진 말뚝이라도 계사로 삼기에 족했을 터이니 누구라도 좋았을 것이다. 도오노미네(多武峰)[38]의 조가상인(增賀上人)[39], 요카와(橫川)의 겐신승도(源信僧都)[40], 어느 쪽도 모두 당시의 고승이며 게다가 야스타네에게는 인연이 있는

---

38 도오노미네(多武峰): 나라(奈良)현에 있는 산 이름으로, 그 일대에 있던 사원을 말하기도 한다.

사람이었고, 그 밖에도 적당한 사람이면서 득도를 하게 해
줄 사람은 많이 있었겠지만, 아무려면 채소 장수 노옹이 어
린 딸을 잃은 슬픔에 몸소 머리를 깎고 중이 되었다고 하는
그런 이야깃거리도 아닐 텐데, 도무지 그 소문이 전해지지
않는 것은 희한한 일이다.

마사후사의 『속 왕생전』에는 '자식이 관례[41]를 겨우 마쳤
을 무렵에 이르러 드디어 입도하였다'라고 있을 뿐이다. 그

---

39 조가상인(增賀上人, 917~1003): 헤이안 중기의 천태종 승려로 히에이잔(比
叡山)의 료겐(良源)에게 사사하여, 천태학에 정통하고 밀교 수법에 능하다.
명리를 피하고자 기행을 하고 도오노미네에 은둔하며 수행에 힘썼다. 수
행에 임하는 철저하고 엄격한 자세는 사이교(西行)나 바쇼(芭蕉)에게도 영
향을 미쳤다. 저서로 『법화현의초(法華玄義鈔)』 『무한염불관(無限念佛觀)』 등
이 있다. 일본은 760년경부터 승려에게도 품계가 주어졌는데, 천황에 따
라 약간의 변화는 있었으나 승정(僧正)을 종4품, 승도(僧都)를 정5품, 율사
(律師: 상인(上人))를 종5품으로 하였다. 이 제도는 1873년에 폐지되어, 그
후에는 각 종파로 위임되었다.

40 요카와(橫川): 시가(滋賀)현 오쓰(大津)시 히에이잔 엔랴쿠지(延曆寺) 서탑
의 북쪽에 있는 지역이다.
겐신(源信, 942~1017): 헤이안 중기의 천태종 승려로, 에신승도(惠心僧都)라
는 존칭도 있다. 일본 정토교의 선조로 호넨(法然)이나 신란(親鸞)에게 큰
영향을 미쳤다. 저서로는 『왕생요집(往生要集)』 『일승요결(一乘要決)』 등이
있으며, 무라사키 시키부(紫式部)의 『겐지이야기(源氏物語)』, 아쿠타가와
류노스케(芥川龍之介)의 『지옥변(地獄変)』에 등장하는 요카와승도(橫川僧都)
는 겐신을 모델로 했다고 전해진다.

41 관례: 원문에서는 관계(冠笄)인데, 갓 관, 비녀 계로, 옛날에 남자는 갓을
쓰고 여자는 비녀로 쪽을 찌는 성인례를 말한다.

44

것에 의하면 어떤 기연(機緣)이 있던 것도 아니고, 자기 자식이 혼자서 세상을 살아갈 수 있게 되었기에 진작부터 품고 있던 염원대로 지극히 안온하게, 때가 이르러 박이 꼭지에서 떨어지듯이 속세로부터 대구루루 미끄러져 나와, 애오라지 극락왕생을 기원하는 사람이 되었을 것이다. 야스타네의 처와 자식은 어떤 사람이었는지 도무지 알 수가 없다. 자식이 있었던 것은 틀림없으나, 방계(傍系)이어선지 가모(賀茂) 씨 계보에도 보이지 않는다. 생각건대, 처도 자식도 평범하고 이상한 곳이 없는 사람으로 선인이긴 했겠지만, 소위 초개와 같이 살다 죽었으리라고 생각된다.

10

야스타네는 입도하여 자쿠신(寂心)이 되었다. 세간에서는 '나이키(內記)의 성인'이라고 불렸다. 속세에 있을 때조차 예불 송경(礼佛誦経)에 심신을 다해 몰두했으니까, 자쿠신이 되고 나서는 더욱더 정신을 가다듬고 집중하여 법을 구하고 선을 행함에 빈틈이 없었다.

『전』에는 '여러 지방을 다니며 경험하여 널리 불사(仏事)를 이루었다'라고 적혀있는데, 달리 행각을 하는 과정의 고행담 같은 것은 전해지지 않는다. 단지 출가한 후 불과 3년째에 자신에게 몸을 의탁해 온 사람이 있어 이를 제도(濟度)[42]하여 자쿠쇼(寂照)라는 법명을 주었다.

이 자쿠쇼는 훗날 겐신을 위해서 중국 송나라로 심부름을 간 사람인데, 자쿠신과 겐신은 원래 보리(菩提)[43]수행의 도반이었다. 겐신 쪽이 자쿠신보다는 나이가 좀 적었을지도 모르지만, 하여간 어렸을 때부터 에이잔(叡山)의 지에(慈慧)[44]를 찾아가서 각고면려[45]하며 배워 현교와 밀교의 두 교리를 다 익히고, 수행과 공부를 병행한 대단한 걸물이었다. 이 겐신

---

42 제도(濟度): 고뇌하는 중생을 건져 내어 열반의 언덕에 이르게 하는 일이다.

43 보리(菩提): 번뇌에서 벗어나 깨달음의 지혜를 얻기 위하여 도를 닦는 일이다.

44 지에(慈慧): 시호(諡号)가 지에대사인 료겐(良源, 912~985)으로, 제삿날이 정월 3일이어서 간잔(元三) 대사라고도 한다. 헤이안 시대의 천태종 승려로 제18대 천태좌주(天台座主: 천태종의 최고 지위)이며, 히에이잔 엔랴큐지(比叡山延暦寺)를 중흥시킨 선조로 알려져 있다. 또 신사나 사찰에서 길흉을 점치기 위해 행하는 제비뽑기인 오미쿠지(おみくじ)의 창시자라고도 하고, 그 모습을 본떠서 만든 부적은 마귀를 쫓는(魔除け) 부적으로 신앙심을 모으고 있다.

45 각고면려: 고생을 무릅쓰고 몸과 마음을 다하여, 무척 애를 쓰면서 부지런히 노력한다는 뜻이다.

과 자쿠신 사이에서 일어난 좀 재미있는 이야기는 지금 그 확실한 출처를 기록할 수는 없으나, 『한거지우(閑居之友)』였 는지 무엇이었는지 하여튼 상당히 오래된 것에서 봤다고 생 각된다. 기억이 틀린다면 지워버려야 하겠지만.

어느 날 자쿠신은 요카와의 선원인 에신인(慧心院)을 방문 했다. 절은 고요하고 사람도 없는 것 같았다. 외출 중인지, 참선하여 삼매경에 이르고 있는지, 불법의 진리를 관찰하는 관법(觀法)을 행하는 중인지, 뭔지는 모르겠지만, 서로 평소 에 봐서는 좋지 않은 것, 보여서는 좋지 않은 것 같은 행실은 서로 없는 사이이다 보니, 사양하지 않고 자쿠신은 찬찬히 여기저기를 둘러보았다. 겐신은 어디에도 없었다. 이윽고 여긴가 생각되는 방의 문을 자쿠신은 열었다.

그랬더니 웬걸, 틀림없이 방안이건만 눈앞은 망망대해처 럼 드넓어 아무것도 보이지 않고, 아니 아무것도 보이지 않 는 것이 아니라, 마치 가득 차서 넘치는 큰 강처럼, 큰 호수 처럼, 큰 바다처럼, 온통 물이 가득하여 넘치고 그렁대고 도 도하고 세차고 용솟음치며, 물안개로 뿌옇게 보이면서 물빛 이 하늘에 닿을 정도로 그렇게 아무것도 없이 물만 있었다.

자쿠신은 뒤로 한 발짝 물러났으나, 마침 그곳에 있던 목침을 집어 그 안에 던져 넣고, 얼른 문을 닫고 바깥으로 나와 돌아가 버렸다. 겐신은 그러고 나서 몸에 통증을 느꼈다. 자쿠신이 와서 느닷없이 장난을 친 것을 알고 겐신은 다시 물을 재현하여 자쿠신에게 그 속에 던져 넣은 것을 치우게 하였다. 겐신은 원래대로 돌아왔다.

이 일화는 지금 사람들에게는 그저 엉뚱하고 황당한 이야기로 들릴 것이다. 또 이것을 구태여 이해가 가도록 조리 있게 잘 분별해서 이야기할 필요도 없을 것이다. 그러나 이런 일은 겐신과 자쿠신에게서 처음 시작된 것은 아니다. 불경에서는 월광동자(月光童子)의 이른바 수관(水觀) 이야기가 이것과 같은 것으로, 동자는 수관을 처음으로 이루어냈을 때, 아무 생각 없는 어린아이가 기왓조각을 물속에 던져 넣어 가슴이 아파졌는데, 그것을 꺼내게 해서 안온을 회복했다고 한다.

『전』에서는 당나라의 법진(法進)[46]이 대나무 숲속에서 수관을 익혔을 때 아랫사람이 밧줄로 만든 의자에 맑은 물이 있는 것을 보고 두 개의 작은 흰 돌을 그 속에 넣었는데, 그러고 나서 등에 통증을 느껴 그것을 제거하게 하자 무사해졌다고 하는 일화가 있다.

일본에서도 다이안지(大安寺)[47]의 쇼고상인(勝業上人)이 수관을 이루었을 때 똑같이 돌을 던져넣은 자가 있어서 가슴이 아파졌다고 하는 일화가 있으니, 전혀 희한한 이야기도 뭣도 아니다.

맑은 물이든 홍수든 기왓조각이든 작은 조약돌이든 뭐든 상관없다. 겐신과 자쿠신 사이에 이와 같은 사실이 실제로 있었든 없었든 실은 아무래도 좋다. 단지 이런 일화가 전해지고 있다는 것뿐이다. 아니 실은 그것조차도 확실하지 않다.

그저 자쿠신의 제자인 자쿠쇼가 훗날 겐신의 제자라는 형태로 중국에 건너가게 될 정도니까, 자쿠신과 겐신 사이에는 평소 경률론(経律論), 증해담(証解談)을 서로 이야기했을 것

---

46 법진(法進, 709~778): 당나라의 승려인데, 753년에 일본 율종(律宗)의 개조인 간진(鑑眞, 688~763)을 따라 일본으로 건너왔다. 간진의 도다이지(東大寺) 계단원(戒壇院) 창건을 돕고 후에 대승도(大僧都)가 되었다. 저서로 『동대사수계방궤(東大寺授戒方軌)』 등이 있다.

47 다이안지(大安寺): 나라(奈良)시 중심부에 있는 고야산(高野山) 진언종의 사원이다. 제34대(629~641) 조메이(舒明) 천황(593?~641)에 의해 지어졌으며, 이전과 소실로 서서히 쇠퇴하였지만, 나라 시대부터 헤이안 시대 전반까지는 도다이지(東大寺)나 고후쿠지(興福寺)와 나란히 하는 큰 절이었다.

이라고 상상할 수 있다. 물론 문장에서는 자쿠신이 조금 더 위고 법력에서는 겐신이 몇 발 앞서는 바가 있었겠지만, 겐신도 또한 『일승요결(一乘要訣)』, 『왕생요집(往生要集)』 등 저술이 적지 않으니 자쿠신처럼 문필가로서의 과업에도 힘쓴 사람이었다.

자쿠신은 아미타의 자비로 극락정토에 왕생하는 것을 마음에 두었을 뿐인 참으로 순수한 불도이긴 했으나 이때에는 아직 훗날 겐쿠(源空)[48] 이후의 염불종(念佛宗)과 같은 교의가 세상에 알려진 것이 아니다 보니 사폐각포(捨閉擱抛: 버리고 닫고 제쳐놓고 내던짐)라며 다른 것은 모두 내던져버리고 일관되게 나무아미타불만 읊으며 염불삼매로 종일 지낸 것은 아니고, 후세에는 하찮은 일이라며 밀쳐버릴 것 같은 일에도 중요한 일이라고 생각되는 일에는 공경심을 가지고 너무나도 순수하게 이것을 배우고 이것을 행하였다. 그래서 요카와에서 조가(增賀) 스님이 『마하지관(摩訶止觀)』[49]을 설교할 당시

---

48 겐쿠(源空): 휘(諱)가 겐쿠인 호넨(法然, 1133~1212)이다. 헤이안 말기에서 가마쿠라(鎌倉) 초기의 일본 승려이다. 처음엔 히에이잔에서 천태종의 교리를 배웠고, 1175년에 오로지 아미타불을 믿고 '나무아미타불'이라고 염불하면 사후에는 평등하게 왕생한다는 전수(專修) 염불의 교리를 설파하여, 후에 정토종의 개조(開祖)로 불렸다.

자쿠신은 찾아가서 이것을 배우려고 했다.

11

　조가는 참의(參議)였던 다치바나노 쓰네히라(橘恒平)[50]의 자식으로 네 살 때 뭐가 들린 것처럼 에이잔(叡山)에 올라가 학문을 배우겠다고 했다는 것이 전해지며 열 살 때부터 산에 올라가서 지에(慈慧)에게서 불도를 배웠다. 총명함은 놀랄만하고 학문은 현교와 밀교를 종합하고, 무엇보다도 지관(止觀)에 정통했다고 알려진다. 진정한 학승 기질로 속된 곳이 털 끝만큼도 없고 공명과 이익을 깊이 싫어하여 그것에 대해서는 단애 절벽(斷岸絶壁)처럼 처신을 했다.

　『원형석서(元亨釋書)』[51]에 안나(安和, 968~970) 상황(上皇)이 칙

---

49 『마하지관(摩詞止觀)』: 불교 이론서의 하나로 지관에 대한 해설서이다. 지는 삼매(三昧), 관은 지혜이며, 불교 명상은 이 두 가지로 이루어진다. 594년에 중국 형주 옥천사에서 지의(智顗)가 강의하고 제자 관정(灌頂)이 정리하였다.

50 다치바나노 쓰네히라(橘恒平, 922~983): 헤이안 중기의 공경으로, 정4품하인 참의였다.

명을 내려 제관으로 삼자 미치고 때 묻은 체하며 도망갔다고 기록되어 있는데, 거리낌 없이 바보 같은 짓을 하며 남이 싫어하고 시기해도 자기 마음이 내키는 대로 생활하는 것을 좋다고 하는 사람이었다.

자기 스승인 지에가 승정(僧正)으로 임명되었기에 궁중에 올라가서 사례의 말씀을 드릴 때 온 산의 승려가 마치 새가 날갯짓하며 모여들 듯 아주 성대하게 그야말로 격식을 제대로 갖추어 화려하게 꾸미고 단단히 준비했다. 모름지기 본래 나무 아래나 돌 위에 있어야 할 승려가, 비록 상황이 존숭해 주시기 때문이라고는 하나, 속인들이 마치 고관에 임명된 걸 사은이라도 하듯이 기뻐 날뛰며 비단옷을 차려입고 궁정으로 찾아뵙는다는 것은 있어서는 안 되는 일이니까, 조가에게는 속승들의 소행이 도무지 마음에 들지 않았을 것이다.

에후(衛府)[52]의 고관이 멋진 장검을 찬 것처럼, 커다란 말린

---

51 『원형석서(元亨釋書)』: 가마쿠라 시대에 한문체로 쓴 일본 최초의 불교 역사서이다. 저자는 임제종의 승려 고칸시렌(虎關師鍊)이다.

52 에후(衛府): 나라·헤이안 시대에 궁중을 경비하던 여섯 관청의 총칭이며, 그 관청에 근무하던 무사를 말하기도 한다.

연어를 칼처럼 허리에 차고 알몸 같은 한심한 모습으로 여윈 황소 위에 걸터앉아서는 잘난 체하는 얼굴로 행렬의 선두에 나서 도심지 큰길의 수많은 사람이 구경하고 있는 그 속을 당당하게 치고 나아갔으니 군중은 아연실색하고 많은 승려는 놀라서 이게 무슨 일이냐며 조가를 끌어내려 물러나게 하려고 하였으나, 조가는 "승정을 모시는 수레 가마의 선구를 나 말고 누가 맡을 수 있느냐"라며 큰소리를 내어 고함을 쳤다.

성대한 의식이고 뭐고 완전히 망쳐버린 것이었다. 이런 사람이었으니 어느 훌륭한 가문의 법회가 있어서 청탁받아 그곳으로 향하던 도중에 '이것은 명성을 위한 법회이다, 명성을 알리기 위해 하는 것은 마연(魔緣)[53]이다.'라는 생각이 들어 결국에는 기도를 부탁한 원주(願主)와 쥐어뜯듯이 논쟁을 벌여버려서 애써 마련한 법회를 엉망진창으로 만들고 돌아간 일도 있었다고 한다. 상당한 골칫거리라면 골칫거리인 스님이다.

이같이 별난 데가 있는 스님이었기에 산조(三條) 황태후

---

53 마연(魔緣): 악마가 불법(佛法)을 방해하는 것으로, 사람의 마음을 미혹하여 악마에 가까이하는 인연을 말한다.

가 여승이 되시고자 조가를 계사(戒師)로 청하셨을 때, 엉뚱하게도 무례한 막말을 내뱉으며 악행을 저질러서 그 특별한 자리에 참석하신 고관대작, 귀빈채녀(貴嬪采女), 승도 등이 몸을 부들부들 떨며 아연실색하고는 창피해서 진땀을 흘리고 분노로 씩씩거리는 등, 몸 둘 바를 모르게 했다는 것도 거짓은 아니었다고 생각한다.

그것을 기록하고 있는 『우지습유(宇治拾遺)』[54] 십 이권의 문장은 여기에 인용하는 것조차 흉하니 생략하지만, 고칸 선사(虎關禪師)[55]는 "말을 함부로 내뱉다(出矗語)"라는 세 마디로 끝내고 있으니 품위는 있으나 사정은 알 수 없다. 오에노 마사후사(大江匡房)는 글발이 뛰어난 사람이고 시대도 가까운 사람이었으니 기록하지 않을 수도 없다고 생각하여 쓴 것이겠지만, 역시 그 필봉(筆鋒)도 군색하게 삼가고 있다. "구린 바람을 내뿜다(放臭風)"라는 세 마디를 가지고 쏟아내듯이 써내고 있으나 다 쓰질 못했다. "그 누가 조가가 잘못된 생각을

---

54 『우지습유(宇治拾遺)』: 가마쿠라 전기(1212~21)에 작성되었다고 추정되는 편저자 미상의 일본 설화집이다. 『곤자쿠 이야기집』과 함께 설화문학의 걸작으로 전해진다.

55 고칸 선사(虎關禪師): 『원형석서』를 쓴 임제종의 승려 고칸시렌(1278~1346)으로, 한시·한문에 능하다. 선사(禪師)는 선법에 통달한 법사를 말한다.

가지고 황태후께 말씀을 올렸다고 하는가"라고 그 막말을 해석하고 있으나 이것도 확실치는 못하고 해석함으로써 진실된 것을 잃고 있다. 어쩔 수 없다. 마사후사의 능력이 변변찮은 게 아니라 조가의 별남이 지나칠 뿐이라고 말해 두자.

석가의 제자 중에 가류타이(迦留陀夷)[56]라는 자가 교단(敎壇)에서 욕설을 퍼부었다가 그게 지금까지 남아서 전해지고 있는데 가류타이가 한 짓은 그저 바보 같은 것이고, 조가는 그때 이미 노쇠한 나이였으니 다시는 궁중의 높은 분들이 자기를 불러내지 않도록 쇠를 자르듯이 단호하고 사납게 외친 것이라고 하면 그렇게 볼 수도 있을 것이다. 참으로 단애 절벽 같은 사람이어서 가까이하기 어렵고, 천태선(天台禪)[57]이면서 조사선(祖師禪)[58] 같은 경향이 있는 사람이었다.

---

56 가류타이(迦留陀夷): 석가와 나이가 같은 제자로, 범어 원음은 칼로다인(Kālodayin)이다. 이름은 피부가 검고 빛난다는 뜻인데, 뱀독으로 검게 변했다고 한다. 석가의 아버지 정반왕(淨飯王)이 아들의 출가를 막기 위해 국사의 아들인 가류타이를 석가의 시자(侍者)로 삼았는데, 그 재기와 탁월한 변설에도 불구하고 석가는 출가하였다. 가류타이도 그 미모로 인해 여성 관계에서 문제가 있었는데, 석가의 가르침을 얻어 출가하였다. 석가가 훈계한 일은 철저히 따랐다고 한다.

57 천태선(天台禪): 천태종은 중국 수나라 승려인 지의(智顗)를 실질적인 개조로 하는 대승불교의 종파이다. 일본에는 사이초(最澄)에 의해 9세기의 헤이안 초기에 전해졌다.

12

단애 절벽과 같은 이런 인물에게 흐름은 맑고 얕아 조용하고 물은 옥구슬 같은 그런 자쿠신(寂心)이 마하지관(魔訶止觀)의 배움을 얻으려고 한 것이다. 지관은 수나라의 천태지자대사(天台智者大師)[59]가 주장하는 바로, 제자 관정(灌頂)[60]이 기록한 것이다. 비록 당나라 비릉(毗陵) 출생인 담연(湛然)[61]의 『보행홍결(輔行弘決)』을 자쿠신이 아직 손에 넣지 못하였다 할지라도, 자쿠신도 이미 반생을 문자 속에서 살면서 경론(経論)의 향기도 깊이깊이 맛보고 있을 터이니 지관의 문장

---

58 조사선(祖師禪): 조사(祖師) 달마(達磨: 중국 선종의 시조)에 의해 전해진 선으로, 경전 등의 교리보다는 직접 스승에게서 제자에게 이심전심으로 깨달음이 전해지는 것을 말한다.

59 천태지자대사(天台智者大師, 538~597): 중국 수나라의 승려인 지의(智顗)로, 천태교학의 대성자이며 천태종의 개조로 불린다. 천태대사·지자대사라고도 한다.

60 관정(灌頂, 561~632): 중국 수나라의 승려로 지의의 제자이며 서기로서 그 저작물을 필기했다. 『법화현의(法華玄義)』『마하지관(摩訶止觀)』『천태지자대사별전(天台智者大師別傳)』『국청백록(國淸百錄)』 등이 있다.

61 담연(湛然, 711~782): 당나라의 천태종 승려로 묘락(妙樂) 대사라고도 한다. 지의(智顗)의 저술서에 대한 연구와 보급에 힘썼다. 저서로 『지관보행전홍결(止觀輔行伝弘決)』『법화현의석첨(法華玄義釋籤)』『지관대의(止觀大意)』 등이 있다.

을 읽어내지 못할 리가 없다. 그러나 오묘한 근본의 깊은 뜻을 배우고 싶다면서 청하여 조가의 문하에 들어온 것이다. 물론 같은 모임의 승려도 몇 명인가 있었다.

조가는 천천히 설법하기 시작했다. '지관명정(止觀明靜) 전대미문'이라는 첫머리 부분부터 말한다. 그 어떤 곳이 자쿠신의 가슴속에 울렸는지, 그 의미인지, 그 음성인지, 그 어떤 문장인지 어떤 구절인지, 그 강론인지 연설인지, 지금 전해지고 있진 않지만, 어쩌면 어떤 곳 어떤 어구에서라는 게 아니라 전체적으로 그때의 기분으로 그랬던 건지 하여간 자쿠신은 크게 감격하고 고마워하며 기뻐했다. 그리고 더는 참지 못하고 눈물을 흘리며 흐느껴 울었다. 그러자 조가는 갑자기 자리를 내려와 성큼성큼 자쿠신의 앞으로 가서 멈춰서더니, '야, 왜 울어' 하며 주먹을 움켜쥐고 세게 자쿠신의 얼굴을 후려쳐서 일그러뜨렸다.

"자기 이야기에 소리 따위를 내면서 방해한다고, 감격의 눈물을 흘리며 삼가 정중히 듣고 있는 사람을 후려치다니." 라면서 사람들도 못마땅해하고 좌흥이 깨져서 그냥 그대로 끝날 참이었다. 그런데 이렇게 끝나서는 안 되는 일이기에, 자쿠신도 눈물을 거두고 사람들도 조가를 어르고 달래서 다시 강설을 시작했다. 그러자 자쿠신은 또 감동해서 울었다. 조가는 또 주먹으로 자쿠신을 때렸다.

이렇게 해서 자쿠신이 울기를 세 번에 이르러 조가는 마침내 자쿠신의 성심성의에 감동하여 그 대단한 조가도 두 손을 들었다. 그리고 나서 결국은 자신의 뿌리 깊은 곳에 있는 지식까지 다 꺼내어 지관의 깊은 뜻까지 모조리 자쿠신에게 전수했다는 이야기다. 무슨 이유로 울었는지, 무슨 이유로 때렸는지, 그것은 두 사람만이 아는 것으로 같은 그 모임에 있던 여러 승려들도 알지 못하고 후대의 우리도 알지 못하나 무슨 상관이리오.

13

자쿠신이 출가한 이후를 『속 왕생전』에서는 "여러 지방을 돌아다니며 널리 불사(佛事)를 이루었다"라고만 기록하고 있을 뿐 어떠한 일이 있었는가 하는 것은 싣지 않았다. 그러나 이미 유연한 마음을 지닌 불자가 된 이상은 무슨 특별한 일이 일어날 턱도 없었다. 그래도 여러 지방을 돌아다녔다고 하는 그 여러 지방이란 어디 어디였을까 하니, 서쪽은 하리마(播磨)[62]에서 동쪽은 미카와(三河)[63]까지 갔다는 것은 증거가 있어 분명하니까, 어쩌면 서쪽으로도 동쪽으로도 더 멀리 갔을 수도 있다.

그 하리마에 갔을 때의 일이다. 불당 불탑과 가람을 세우는 일은 불법(仏法)을 위해서도 부처를 위해서도 으뜸가는 선행이기에 자쿠신도 선례를 따라 그렇게 하고자 하리마 지방에 가서 재목을 시주하라 권했는데, 그때의 일로 보인다.

어느 동네인지는 모르겠으나 어딘가에서 자쿠신이 우연히 문득 보니까, 승려의 모습을 한 어떤 자가 종이로 만든 갓을 쓰고 음양사(陰陽師)의 풍채를 흉내 내며 거창하게 푸닥거리를 하는 것이 눈에 들어왔다. 원래가 음양도로 살아가는 가모(賀茂) 집안에서 태어난 자쿠신이다 보니, 자기는 그 길에 의존하지 않고 유교와 문장을 숭상하는 사람이 되었다가 또 그 유(儒)를 버리고 불(仏)로 들어와 오늘에 이르는 몸이 되긴 하였으나, 음양도가 어떠한 것인지는 대강 아는 터이

62 하리마(播磨): 현재의 효고(兵庫)현 남서부 지방의 옛 이름이다.
63 미카와(三河): 현재의 아이치(愛知)현 동부 지방의 옛 이름이다.

다. 음양도는 역위(歷緯)라는 법칙에 따라 귀신을 쫓는다는 것인데, 말하자면 속세를 위해 길(吉)을 행하고 흉(凶)을 물리치는 것이다. 유(儒)에서 말하면 무속(巫覡)의 길이고, 불(佛)에서 말하면 전타라(旃陀羅)[64]의 술수이다. 그것을 지금 그래도 승려의 모습을 하고 보리의 대도에 들어서서 인간과 천신을 이끄는 인도자가 되겠다고 마음먹은 것처럼 보이는 자가 종이 갓 따위를 쓰고 사이비 짓을 하는 것이다. 이것을 본 자쿠신은, 일단은 참았기에 그 순간은 일단 말에 올라탄 채 위엄을 잘 갖추고 길을 재촉했었으나, 갑자기 분이 치밀어 오른 듯 말에서 내려와 황급히 달려가서 "무슨 짓을 하는 거요, 고보(御房) 당신!" 하면서 힐책하고 꾸짖었다. 고보라는 것은 승려에 대한 호칭이다. '고보 당신!'이라고 꾸짖은 것은 역시 자쿠신답고 대단히 적절했다.

그러나 종이 갓을 쓰고 그런 짓을 할 정도의 인간이다 보니 오히려 의아한 얼굴을 했을 것이다. "부정을 털어내고 있는 중이오"라고 대답했다. "어째서 종이 갓을 쓰고 있소"라

---

64 전타라(旃陀羅): 인도의 원음은 찬다라(caṇḍāla)로, 고대 인도의 사성(四姓) 가운데 가장 낮은 계급인 수타라(首陀羅) 밑에 위치하는 최하위 천민으로, 도살(屠殺) 등에 종사했다.

고 물으니 "하라에도(祓戶)의 신들[65]은 불승을 아주 싫어하니까 부정을 털어내는 동안은 잠시 그렇게 쓰기도 하오."라고 말한다. 자쿠신은 더는 참을 수가 없어서 큰 소리로 마구 울면서 음양사에게 맹렬히 달려드니, 음양사는 느닷없는 일로 그저 기가 막히고 또 막혀서 푸닥거리를 하다말고 "이게 무슨 일인가" 하고 말하니 푸닥거리를 의뢰한 주인도 놀라 어리둥절 황당해했다. 자쿠신은 여전히 혼자서 흐느껴 울며 그 종이 갓을 쥐어 잡아 찢어 내던지고는 연신 흐르는 눈물을 그치지도 못한다.

"도대체가 뭐 하는 고보오. 귀하게도 불제자가 되었는데 하라에도의 신이 싫어한다면서 여래가 싫어하는 것은 잊어버리고 속세로 돌아가 갓이나 쓰고서 무간지옥으로 떨어질 업을 쌓다니 참으로 슬픈 난행을 저지른 것이오. 굳이 그 짓을 하겠다면 그냥 여기 있는 자쿠신을 죽이시오."라고 말하며 엄청나게 울어대니 음양사는 어찌할 바를 몰라서 당혹해했으나, 어디까지나 속물이다 보니 쉽게 태도를 바꿔서 스

65 하라에도(祓戶)의 신들: 하라에(祓)는 죄나 재액 등의 부정을 제거하는 신도의 종교 행위로, 일본 신화의 황천에서 돌아온 이자나기가 부정을 씻어냈을 때 생겨난 신들을 말한다.

스럼없이 속사정을 털어놓기 시작했다.

"말씀은 하나하나 지당하십니다. 그러나 세상살이가 힘들다 보니 이처럼 되었습니다. 안 그러면 무슨 수를 써서 처자식을 부양하고 목숨을 부지할 수가 있겠습니까. 불도수행이 이토록 아직 미숙하니 고승이라며 우러러보는 사람도 없고, 법사의 모습은 하고 있어도 속인과 같으니 후세에는 어떻게 될지 애처롭기도 하지만, 당장 세상을 살아가야 하니 이렇게 하고 있는 겁니다"라고 말했다.

어느 시대이든 이런 속물은 많이 있는 법이고, 또 그런 속물이 말하는 것을 속세에서는 무슨 올바른 인정 도리인 양 수긍도 하는 것이다. 그러나 애써 특별한 세계에 눈을 돌리고 일단 그것을 향해 매진하고자 마음먹은 자들이 이 첫 번째 관문에 막혀서 어쩔 수 없이 주저하고 방황하고 결국에는 후퇴하게 되는 일이 얼마나 많이 있겠는가. 이마가 깨지고 가슴팍이 다치는 것을 꺼리지 않고 용감하게 돌진할 용기가 없는 자는 모두 이 관문 앞에서 걸음을 비틀거리며 건들건들 끝나버리는 것이다.

예술의 세계에서도, 종교의 세계에서도, 학문의 세계에서도, 인생 전투의 세계에서도, 백 명 중에 구십 구명, 천명 중

에 구백구십 구명, 모두 여기에서 뒤로 물러나 버리는 것이
니까 많은 사람이 취하는 길이 올바른 길이라고 한다면 의
심할 여지도 없이 종이 갓을 쓴 이 사람의 처세가 올바른 것
이다. 인정상 도리상 지당한 것이다.

자쿠신은 가식적이지 않은 이 고보가 숨김없이 털어놓는
이야기에 탁 막혀버렸다. 온순한 자신의 성품으로서는 이
또한 지략을 갖고 대처하는 것을 비겁하게 생각하고, 따지
고 싸울 패기를 소진하는 것이 당연하다고 생각하고 있었
다. 그러던 평소 수행의 마음가짐으로는 오히려 주춤주춤하
게 되어서 되밀쳐졌을 것이다. "아, 하기야", 하고 한 발 뒤로
물러난 말을 내뱉지 않을 수가 없었다.

그러나 신앙은 신앙이었다. "그건 그렇다 해도" 하고 한숨
돌리고 나서, "어째서 삼세여래(三世如來)[66]의 모습을 따라 하
는 머리 위에 죄스럽게도 속세의 갓을 쓰고 계시는가, 불행
함을 참을 수가 없어서 그런 일을 하는 것이라면, 내가 불당
불탑을 짓기 위한 비용으로 시주받아 모은 것들을 고보에게
갖다 드리겠다. 한 명을 보살로 인도하면 그것은 절간을 짓

---

66 삼세여래(三世如來): 과거·현재·미래의 삼세불로, 아미타불·석가모니불·
  미륵불을 말한다.

는 것 이상으로 큰 공덕이니."라고 말하고는 제자들을 보내서 건재를 마련하고자 시주받아 모은 것들을 모두 옮겨 가져와서 이 음양사 짓을 한 승려에게 내어주었다. 막상 자기는 하려던 일을 이루지 못하고 홀로 교토로 되돌아 올라갔다는 이야기다.

종이 갓을 쓴 그 승려가 그 후 어떻게 되었는지는 알 수 없으나, 아무튼 자쿠신이라는 이는 이러하니 사업 같은 것은 할 수가 없는 사람이다. 어쩐지 자쿠신이 건립한 사찰 같은 게 있다는 소리는 듣지 못했다. 그 후의 다카오(高尾)의 몬가쿠(文覺)[67]라든가 오바쿠(黃檗)의 데쓰겐(鐵眼)[68]이라든가 하는 사람은 수완이 있는 사업가 같은 사람들이었으나, 자쿠신은 자쿠신이었다. 이렇더라도 별로 나쁜 것은 아니다.

~~~~~~~~

67 다카오(高尾)의 몬가쿠(文覺, 1139~1203): 19살에 출가한, 헤이안 말기부터 가마쿠라 초기의 진언종 승려이다. 824년에 창건되고 구카이(空海)가 주지로 있던 교토(京都) 다카오산(高雄山) 진고지(神護寺)를 비롯한 많은 절의 부흥에 힘썼다.

68 오바쿠(黃檗)의 데쓰겐(鐵眼, 1629~1682): 13살에 출가한, 에도 전기의 오바쿠종의 승려로, 오사카(大阪)의 즈이류지(瑞龍寺)를 비롯하여 많은 절을 창건하였다. 『오바쿠판 대장경(黃檗版大藏経)』을 출판하기 위해 정재(淨財)를 모금하고 교토에 인쇄소를 만들어 십수 년에 걸쳐서 출판하였으며, 기근으로 힘든 주민의 구제 활동을 하는 등 사회적으로도 활약했다.

자쿠신이 미카와 지방을 지나갔다는 것은 "늦가을 산슈(參州)의 야쿠오지(藥王寺)를 지나면서 감동했다"[69]라는 짧은 문장이 남아있어서 이를 증명할 수가 있다. 물론 불도에 귀의하고 나서 미카와에 간 건지, 아직 속세에 있을 때 간 건지는 그 문장에 몇 년 몇월이라는 기록이 없어서 상세히 알 수는 없지만, 오미노조(近江掾)[70]가 된 적이 있었고 오에노 마사후사의 『가모노 야스타네 전』에도 "비단 도포를 걸친 후 관직이 바뀌지 않았다"[71]라고 쓰여 있는 걸 보면 교토의 관리였다는 이야기니까, 미카와로 내려간 것은 승려가 되고 나서의 일이었을 것으로 생각된다.

　　문장에 "나는 여행이나 하며 마소나 돌보던 자인데, 먼저 절을 찾고 이어서 승려를 만나, 뜰앞을 서성거리다 등불 밑에서 담화를 나눴다."[72]라고 쓰여 있으니, 여행(羈旅) 마소(牛馬)의 두 구절은 속세에 있을 때의 일로 생각되고, '뜰 앞',

69 『본조문수』에 수록된 야스타네의 한시의 한 구절 "晚秋過參州藥王寺有感."
70 오미노조(近江掾): 교토 인근의 옛 시가(滋賀)현의 관리의 순위명칭이다.
　　오미노카미(近江守)-오미노스케(近江介)-오미노조의 순으로, 세 번째의
　　지위이다.
71 "緋袍之後 不改其官"
72 "余は是れ羈旅の卒, 牛馬の走, 初尋寺次逢僧, 庭前徘徊, 灯下談話"

'등불 밑'의 두 구절은 아무래도 행각 수행(行脚修業)을 하던 중의 일이라고 생각된다. 야쿠오지는 아오미군(碧海郡)[73]의 고찰로 교기(行基)[74] 보살이 건립한 것이다. 왜 자쿠신이 미카와로 갔는지, 사찰 건립을 권하기 위한 것이었는지 어땠는지, 그건 일체 짐작할 수 있는 것이 없지만, 번뇌를 떨치는 이른바 두타행[75]을 하면서 차츰차츰 미카와 쪽까지 갔다고 해도 지장은 없을 것이다. 특히 자쿠신이 승려가 된 이 삼 년간은 마침 오에노 사다모토(大江定基)[76] 즉 훗날의 자쿠쇼가 미카와 수령(三河守)[77]을 하고 있을 때였다.

~~~~~~~~

73 아오미군(碧海郡): 당시의 미카와 지방인 현재의 아이치(愛知)현에 위치했던 군(郡)의 지명이다. 그곳의 야쿠오지에 관한 기록은 모두 소실되어 『본조문수』의 야스타네의 한문시에 남아있을 뿐이다. ("晩秋過參州藥王寺有感 慶保胤/參河州碧海郡有一道場, 曰藥王寺, 行基菩薩昔所建立也")

74 교기(行基, 668~749): 일본 나라(奈良) 시대의 승려로, 백제 왕인박사의 후예이다. 민간 포교를 하였고 많은 사람이 숭배 존경하였다. 교기집단을 형성하여 각지에서 연못을 만들고 다리를 놓고 길을 닦는 등의 사회사업을 하며 많은 사원을 지어 조정에서 탄압을 받기도 하였으나, 민중의 압도적인 지지를 받았다. 그 후 제45대(724~749) 쇼무(聖武) 천황(701~756)이 교기를 일본에서 최초로 승려의 최고지위인 대승정(大僧正)으로 임명하고 도다이지(東大寺) 대불상 건립의 책임자로 삼았다. 그 공적으로 도다이지 '사성(四聖)'의 한 명으로 간주되었으며 사람들은 교기보살이라고 불렀다.

75 두타행: 원문은 두수행각(抖擻行脚)이며, 범어로 Dhuta이다. 잡념을 떨쳐내고 마음을 하나로 모으기 위해 불도를 닦는 수행을 말한다.

14

사다모토는 오에노 나리미쓰(大江齊光)[78]의 자식으로 나리미

쓰는 정3품인 참의 좌대변(參議 左大弁)까지 올라간 사람이며,

종2품이었던 오에노 고레토키(大江維時)의 자식이었다. 오

에 가문은 오에노 오톤도(大江音人) 이래, 유교문장의 대종가

로서 오톤도의 자식 다마후치(玉淵), 치사토(千里), 하루후치

(春潭), 치후루(千古), 모두 시가를 잘 읊고, 특히 치사토는 와

카(和歌)도 잘 읊어서 『오구라 백인일수(小倉百人一首)』로 널

리 알려진 사람이다. 다마후치의 자식인 아사쓰나(朝綱), 치

후루와 치후루의 자식인 고레토키(維時)는 모두 문장박사이

고, 고레토키의 자식인 시게미쓰(重光)의 자식 마사히라(匡衡)

---

76 오에노 사다모토(大江定基, 962~1034): 헤이안 중기의 천태종 승려이며 문
   인이다. 출가하여 자쿠쇼(寂照)라고 하며, 1003년에 송나라로 건너가 소
   주(蘇州)의 승록사로 임명받고 제3대 황제인 진종(眞宗)에게서 자의(紫衣)
   와 원통대사(円通大師)라는 호를 받았다. 정위(丁謂)의 요청으로 소주 오문
   사(吳門寺)에 머물며 귀국하지 않고 항주(杭州)에서 사망했다.

77 미카와 수령(三河守): 미카와는 현재의 아이치현으로, 수령(守)은 종5품
   하이다. 원어로는 '미카와노카미'라고 읽는데, 뜻을 풀이해 수령으로 옮
   겼다.

78 오에노 나리미쓰(大江齊光, 934~987): 헤이안 중기의 공경으로, 정3품·참
   의이다.

도 문장박사, 고레토키의 자식인 나리미쓰는 동궁학사(東宮學士), 나리미쓰의 자식인 다메모토(爲基)도 문장박사로, 오에 집안의 가계도를 보면 문장박사나 대학총장(大學頭)이 연달아 있으며, 사다모토는 다메모토의 동생이고 마사히라와는 서로 사촌 형제지간이다. 그러다 보니 사다모토는 조상의 은덕으로 일찍이 황실 고지기인 구로도(藏人)[79]로 뽑히게 되었다. 이어서 스물 몇 살인가에 미카와 수령으로 임명되었는데, 그런 가문 중에서도 뛰어난 사람이어서 원래부터 문학에 정통하여 시와 문장을 잘 읊었으니, 이 또한 빼어난 인물 중의 하나였다.

오에 가문에 대비하여, 스가와라 가문도 스가와라노 후루히토(菅原古人) 이래, 특히 후루히토의 증손으로 미치자네(道眞) 공이 나와서 크게 집안의 명성을 드높였기에 역시 당시에 빛나고 있었다. 그런데 자쿠신의 스승인 후미토키(文時)는 후루히토의 6대 자손이고, 마사히라 같은 이도 역시 후미토키에게 시나 문장의 첨삭을 부탁했다고 하니 사다모토도 물론 같

───────

79 구로도(藏人): 원래는 천황의 물건을 넣어 둔 창고를 관리했는데, 810년에 구로도 도코로(藏人所)가 설치된 이후에는 천황의 비서 역할을 하며 궁중의 사무나 행사도 관리하는 등, 큰 세력을 갖게 되었다.

은 문필의 길을 이어가는 사람으로서 자연히 야스타네 즉 자쿠신과는 서로 아는 사이였다. 물론 연배의 관계상 야스타네를 선배로서 대우하며 서로 만나고 있었던 것은 틀림없다.

미카와 지방 수령 사다모토는 아직 서른 살도 채 안 되었는데 수령으로 임명된 것은 그 조상의 공로로 인한 것임은 물론이지만, 장남이라도 된다면 모르겠으나 차남의 몸으로 거기까지 출세했던 것은 다 까닭이 있다. 하나는 그 인물이 영특하고 그러면서 학문과 글재주에도 뛰어나고 향상심이 강하고 용기가 있는 데다가 왕희지·왕헌지[80]의 필치를 갖추고 있었다고 그 후에 중국 사람들조차 칭찬할 정도이니까 속으로 자신이 거두고 키워야 할 것에 대한 궁리도 정성을 다하는 훌륭한 인물, 소위 내버려두더라도 특출나게 두각을 드러낼 기량이 있는 인물이었기 때문일 것이다.

---

80 왕희지·왕헌지: 원문에서는 이왕(二王)으로, 중국 동진(東晋, 317~419) 시대의 서성(書聖) 왕희지(王羲之)와 7번째 아들인 왕헌지(王獻之) 부자를 지칭한다. 이들은 서예를 잘하여, 이왕이라 불리며 전통적인 기초를 형성하였고 후세의 서예가에게 미친 영향이 크다. 그 서예는 일본에서도 나라(奈良) 시대 이래 본보기가 되었다.

15

이 사다모토가 서른 살, 인생은 지금부터라고 하는 서른 살이 되자마자 속세를 완전히 단념하고는 벼슬을 던져버리고 빛나는 가문을 떠나, 나뭇조각, 댓조각 같은 풋내기 중이 되어 자쿠신이 있는 곳으로 달려가 그 제자가 되었다. 이것도 인연이 깊어져 거기에 이른 것이라고 하면 그뿐이지만, 야스타네가 오랜 세월 세속의 길 위에서 방황한 끝에 도심의 귀결을 맞이하고 나서 이윽고 만년이 되어 속세를 떠나 불교에 들어간 것과는 달리, 특별히 한층 더 깊은 운명적 기연(機緣)에 이끌린 것이었다.

사다모토는 가문도 그렇고 성품 또한 그러하여 원래부터 학문 문장을 즐기며 그 예리한 자질 그대로 날로 발전하고 있었는데, 호쾌한 기상도 있던 사람이어서 짬을 내서는 말 타고 사냥하는 것도 특별히 우울함을 푸는 기쁨으로 삼고 있었다. 이런 사람이었기에 만약 그대로 세월을 보내면서 속세에 살고 있었다면 이 세상에서 나이를 먹으면서 국가에 유용한 인재가 되어 자연히 출세 영달도 이루었겠지만, 좋은 소나무도 편백 나무도 어쨌든 무언가의 인연으로 심지가 부러지거나 멈추거나 해서 충분한 발달도 하지 못하고 이상하게 되어버리는 것이 이 세상에는 항상 있는 일이다.

사다모토는 뜻하지 않게 미카와의 아카사카(赤坂) 역관 수장 밑에 있는 리키주(力壽)라고 하는 아름다운 여자를 우연히 만나게 되었다. 수장이라는 것은 역관의 장으로 역관을 총괄하는 우두머리이다. 그 지방의 수장이 역관을 관리하고, 역관은 관리나 신분이 있는 사람을 숙박 휴식하게 하면서 여행의 편의를 어느 정도 공식적으로 봐주는 제도에서부터 생겨난 것이다. 언제부터라고 할 것도 없이 자연스러운 흐름으로 역관의 수장은 여자가 되었고, 그 수장 밑에는 미녀가 그 집의 딸처럼 하면서 묵는 귀인 등을 돌보는 관습이 된 것이다. 그리고 아주 나중이 되어서는 어디 어디에 있는 수장의 집이라고 하면 창가 같은 의미조차 있게 될 정도였는데 처음에는 그다지 타락한 것은 아니었기에 수장인 집주인 여자의 배에서 태어나 훌륭하게 된 사람도 역사 속에는 많이 보인다. 리키주라는 이름은 『우지습유』 등에는 보이지 않으니, 그 후의 겐페이(源平) 시대 냄새가 나서 의심스럽지만, 완전히 상상 속에서 생겨 난 것이라고도 생각할 수 없

으니 우선은 리키주라고 해 두겠다. 어떻든 이것이 사다모
토에게는 전세의 인연이라고도 할 만한 것이었는지, 근사하
고 아름답고 예쁘게 보여서 그야말로 심혼을 홀라당 뺏겨버
린 것이다. 아마도 또 실제로 빼어난 여자이기도 했을 것이
다. 그렇게 해서 미카와 수령으로 있는 사다모토는 리키주
를 손에 넣었다. 리키주도 일신의 과보이다. 아카사카 역관
의 수장 딸이 미카와 수령에게 사랑을 받아 들어앉게 되었
으니 성심을 다해 사다모토를 돌봤을 것이다.

16

이것만으로 끝나는 일이었다면 그걸로 별일 아닌 당시의
한 염문으로 막을 내렸을 것이다. 그러나 그때 이미 사다모
토에게는 정해진 본처가 있어서, 그 본처가 도쿠가와(德川)
시대의 자산가의 세련된 부인들처럼 '나는 이 집 도코노마81

---

81 도코노마(床の間): 일본식 방(주로 객실)의 상좌(上座)에 바닥을 한층 높게
   만든 곳으로, 그 벽에는 족자를 걸고 바닥에는 꽃이나 장식물을 꾸며 놓
   는다.

의 중심기둥, 꽃은 멋대로 꽂을 수가 없지'하며 오히려 새침을 떼고 있었으면 아무런 문제가 없었을 텐데 그렇게는 되지 않았다.

도대체가 여자라고 하는 것만큼 태평함의 은혜에 익숙해져서 거만해지는 것이 없고, 또 험난한 세상이 되면 갑자기 쪼그라들어서 작아지는 애처로운 것이 되고, 좀 번거로운 시대가 되면 멋진 에도 예복[82]이고 뭐고 무슨 소용이냐며 일바지 입고 양동이 들고 자지러질 것 같은 모습으로 숨을 헐떡거리며 가엾은 처지라고 할 만한 모양새가 되는데, 태양빛이 오랫동안 아름답게 빛나고 사해의 파도가 평온할 때에는 수염과 눈썹이 긴 남자들 모두가 그 앞에 넙죽 엎드려 비위를 맞춰주니까 나뭇결 문양의 비단 휘장 앞에서 정장을 차려입고 뭔지 알 수 없는 간드러진 모습으로 단정하게 앉아있으니 사내들은 모두 아이구야 감읍해서 받들어 모실 태세가 된다.

헤이안시대는 마침 태평의 물결이 만조인 시대로, 더욱이

---

82 에도 예복: 에도즈마(江戸褄)로, 일본 고유의 여성 옷인데 검은 바탕의 옷자락에 비스듬히 무늬를 염색하고 금색의 자수나 금박으로 장식한 최고급의 예복이다.

이 무렵은 현녀와 재원(賢女才媛)이 배출되어 무라사키 시키부(紫式部)[83]라든가 에비차 시키부(海老茶式部)[84], 세이 쇼나곤(淸少納言)[85]이라든가 긴토키 다이나곤(金時大納言)[86] 등 굉장한 여자들이 대활약을 하고 있어서, 여성 존중이 마땅하다는 식으로 일체 이의제기를 할 수 없는 분위기의 시대였으니, 사다모토의 본처도 쉽사리 받아들이질 않았다. 분노의 불길로 타올랐을 것이다. 아니, 힘들고 또 지독하게 불을 지폈을 것이다. 그런데 불 옆에 다가가면 적어도 수염이라도 타

83 무라사키 시키부(紫式部, 970?~1019): 헤이안 중기의 여류작가·가인으로, 저서로『겐지 이야기(源氏物語)』,『무라사키 시키부 일기(紫式部日記)』,『무라사키 시키부집(紫式部集)』이 있으며,『오구라(小倉) 백인일수』에도 와카가 들어가 있는 '중고(中古) 36가선(歌仙)', '뇨보(女房) 36가선'의 한 명이다. 시키부는 일본 율령 제도의 팔성(八省) 중의 하나로 국가의 의식이나 인사(人事)를 맡았던 관청인데, 무라사키의 아버지나 형제의 관직이었을 것으로 추정된다. (중고는 일반적으로 헤이안(平安, 794~1192)시대를 가리킨다.)

84 에비차시키부(海老茶式部): 에비차는 거무스름한 적갈색인데, 일본 옛 옷의 바지인 하카마의 색과 무라사키시키부의 시키부를 빗댄 말이다. 또 메이지(明治) 30년대의 여학생들이 적갈색 치마를 입으면서 속어로 쓰이게도 되었다.

85 세이쇼나곤(淸少納言, 966?~1025): 헤이안 중기의 여류작가·가인으로, 저서로는 수필『마쿠라노소시(枕草子)』,『세이쇼나곤집(淸少納言集)』이 있으며, '중고 36가선', '뇨보 36가선'의 한 명이며 한학(漢學)에도 능통하다. 쇼나곤은 일본 조정의 최고기관인 태정관 관직의 하나이다.

86 긴토키다이나곤(金時大納言): 긴토키는 강낭콩이고, 다이나곤도 팥의 한 품종이다. 여기에서는 세이쇼나곤의 이름에 있는 쇼나곤을 빗댄 말이다.

게 되니 그 누구든 아무리 미안하더라도 싫어지고 멀리하게
된다. 이쪽 사람을 싫어하고 멀리하게 되면 덤으로 저쪽 사
람을 더 가까이하고 친애하게 된다. 저쪽을 친애하고 이쪽
을 멀리하면 이쪽은 점점 불길이 치솟게 된다. 더욱더 도망
가고 더욱더 불타오른다. 불교의 부동명왕(不動尊)[87]이 짊어
지고 있는 가루라염(伽婁羅炎)[88]이라고 하는 불은 마귀가 도
망가면 가는 만큼 그 불꽃이 더 커져서 어디까지든 쫓아가
서 항복시킨다고 하는데, 질투의 불도 또 쫓아가는 성질이
있으니까 수염 정도가 불타는 동안이야 그런대로 괜찮겠지
만 뒤에 바짝 쫓아가서 경혈 중추에 불을 뿜어 대듯이 해서
는 뜸질을 하는 것도 아니고 돌아서서 싸우게 되는 것이 세
상에는 흔한 일이다. 결국에는 죽네 사네 하는 소동이 되어

87 부동명왕(不動明王): 불교의 신앙 대상인 팔대 명왕의 하나로, 중앙을 지
    키며 모든 악마를 굴복시키는 왕이다. 보리심이 흔들리지 않는다 하여 이
    렇게 말한다. 오른손에 칼, 왼손에 오라를 잡고 불꽃을 등진 채 돌로 된 대
    좌에 앉아 성난 모양을 하고 있다.
88 가루라염(伽婁羅炎): 가루라천은 인도 신화의 가루다 새에서 나온 수호신
    인데, 입에서 불을 토하고 빨간 날개를 펼치면 336만 리도 날아간다고 한
    다. 불교에서는 사람을 수호하는 영조(靈鳥)로 신앙하고 있다. 부동명왕의
    등 뒤에 있는 불꽃을, 가루라천이 토하는 불이며, 가루라가 날개를 펼친
    모양과 같다고 하여 이렇게 부른다.

버리는 것이다.

이렇게 되면 소설을 쓴다고 하는 자들은 천박하고 게다가 지은 죄가 많아선지, 그야말로 때가 이르렀다는 듯이 붓을 휘둘러 있는 것 없는 것 마치 보고 온 것처럼 엉터리를 써대고는 한다. 이쯤 말해 두고 지금부터 아래에 조금만 그런 엉터리를 쓸 생각인데, 정말로 이건 완전히 엉터리라고 생각해주면 좋겠다. 다만, 이 엉터리를 쓰도록 만든, 즉 사다모토 부부의 이혼 이야기는 어디까지나 그들 부부의 실화이다.

사다모토의 본처의 이름이 무엇이었는지 어느 집안의 딸이었는지 그것은 알 수 없다. 이 무렵의 여자가 다 본명이 없었던 것은 아니지만, 무라사키시키부라도 본명은 오무라였는지 오사토였는지 아무도 모른다. 세이쇼나곤도 본명은 오키요였는지 오세이였는지 아무도 모른다. 아는 사람 손 들라고 해도 대개 모든 사람이 팔짱을 낀 채로 손들지 않을 것이다. 설마 아기 때부터 무라사키시키부야 젖 먹어라, 세이쇼나곤아 쉬 해야지, 멍멍이 데려와 라는 식의 말을 듣고 자란 것이 아닌 것은 다 알고 있으나, 신선의 여왕인 서왕모(西王母)[89]의 성(姓)은 후(侯)이고, 이름은 완금(婉姈)이라는 둥, 속

보이게 적당히 둘러대어 대답하는 것보다 더 귀찮으니 그냥 그대로 두기로 하겠다. 미인이었는지 추녀였는지도 불분명하니까 거의 보통 수준의 사람이었다고 해둬도 상관은 없겠지만, 그 기질 만은 온화하지 못하고 과격한 편이었을 것은 부부로 함께 산 사람과 젊은 나이에 싸워서 헤어진 것만 보더라도 충분히 상상할 수 있다.

이 여자가 사다모토에게 요구한 것은 물론 연적인 리키주를 멀리하는 것이었겠지만, 사다모토는 리키주에게 홀딱 반해있었으니 그것을 승낙할 리가 없었다. 또 직설적인 성격의 사람이었으니 자기 처에게 심각한 것을 별문제 아니라며 얼렁뚱땅 얼버무리며 흙탕물을 뒤집어쓰는 의례적인 말로 일시 모면하여 끝내려는 그런 일도 없었을 터이다. 부부 사이가 점점 더 험악해져 갔을 것이다. 그런데 굶주린 자는 남이 진수성찬을 받는 것을 보면 더욱더 굶주림의 고통을 느낀다고 하는 이치가 있고, 배부른 자는 남이 굶주림에 당면한 처지를 보면 한층 더 이것을 불쌍히 여겨서 인정이 생겨나는 이치가 있다.

~~~~~~~~

89 서왕모(西王母): 중국 고대 신화 속의 여신으로 성은 양(楊), 이름은 회(回)이다. 곤륜산(崑崙山)에 살며 불로불사의 영약(靈藥)을 가졌다고 한다.

17

이때, 사다모토에게는 사촌 형제인 오에노 마사히라(大江
匡衡)가 있었다. 마사히라는 오에노 고레토키(大江維時)의 친
손자이고 집안의 격도 좋다. 사다모토는 마사히라의 아버지
인 시게미쓰(重光)의 동생 나리미쓰(齊光)의 자식으로 게다가
차남이다. 마사히라와 사다모토는 거의 같은 연배인데 재주
와 학식은 우열을 가릴 수 없지만 마사히라는 이미 글로 명
성을 떨치며 널리 칭송받고 있었다. 이런저런 관계로, 자연
히 사다모토는 마사히라와 어깨를 견주는 난형난제의 위치
에 서 있었다. 게다가 또 마사히라는 사다모토가 아내를 맞
이했을 그 무렵과 거의 같은 시기에 역시 아내를 맞이하였
다. 모두 다 아직 몇 년도 되기 전의 일이다.

마사히라는 일곱 살에 책을 읽고 아홉 살에 시를 지었다
고 하는 영재로, 조부인 고레토키의 학문을 이어받았고 커
서는 박학하여, 모르는 분야가 없다고 세상의 칭송을 받았
다. 문장에 대한 뛰어난 재능이 있다 보니 당시에 특별히 눈
에 띈 바가 있다. 말하자면, 야스타네의 평인데, "민첩한 군
사 수백이 튼튼한 갑옷을 입고 준마를 채찍질하며 아와즈

해변을 내달리는 것과 같다."라고 했을 정도로 앞에서도 이미 이것은 서술하였다. 게다가 와카(和歌)까지도 그 재능이 뛰어났다.

남자로서의 풍채는 어땠을지. 호리호리하고 키가 크고 어깨가 벌어졌다고 하니 통통한 고관들처럼 근사한 남자는 아니었다고 생각된다. 벌어진 어깨라는 것은 보살 어깨라는 것과는 반대로, 보살 어깨는 보살상(菩薩像)처럼 부드러운 어깨로 지금 말하는 처진 어깨인데 벌어진 어깨라는 것은 지금 말하는 올라간 어깨로, 한어(漢語)로는 솔개가 웅크리고 앉을 때처럼 위로 치켜 올라간 어깨라고 하여 소위 솔개어깨(鳶肩)라고 한다. '연견 시목 결후 로순(鳶肩豺目結喉露脣: 솔개 어깨, 승냥이 눈, 울대뼈, 드러난 입술)'이라는 것은 뭐든 잘하는 사람이나 지기 싫어하는 성질인 사람에게 있는 상(相)인데 그다지 남에게 호감을 주는 편은 아니다.

18

그러니까 남자로서의 풍채가 좋은 편이었다고는 생각되

지 않지만, 이 마사히라가 맞이한 아내는 여류 가인(歌人: 시가를 읊는 사람) 중에서도 손꼽히는 아카조메 에몬(赤染右衛門)으로, 그 무렵 마침 마사히라도 아직 서른 전이고 아카조메 에몬도 스물 몇 살, 자식인 다카치카(擧周)가 태어났었는지 아직 태어나지 않았었는지는 알 수 없으나 한창 젊은 부부로, 여모랑재(女貌郎才: 미모의 아내, 재주 있는 남편)에 해당하면서 금실 좋고 서로 잘 어울려서 남들도 부러워하는 사이였을 것은 상상이 된다.

그런데 사다모토 부부 사이에 불길이 다시 악화하여 뒤틀리고 연기를 내며 불을 뿜기에 이른 한편 사촌 형제지간인 마사히라 부부 사이는 시와 노래로 서로 생각과 정이 오고 가며 하하 호호 조석으로 화목하다면, 사다모토 쪽에서는 자연히 마사히라 쪽이 부럽게 생각되고 따라서 자신의 처지가 한층 더 지긋지긋한 것으로 보였음이 틀림없다. 또 마사히라 쪽에서는 사다모토 쪽을 딱하게, 그래서 한심하게 보고 있었을 것이다. 하물며 사다모토의 아내 입장에서는 어땠겠는가. 그야말로 굶주린 자가 진수성찬을 누리는 것을 보는 그런 느낌이 응당 들었을 거고, 한층 더 부글부글 끓어올랐으리라고 짐작할 수 있다.

아카조메 에몬은 태어나면서부터 고생을 짊어지고 온 여자로, 아직 당사자가 무슨 영문인지조차 모를 무렵부터 한심한 다툼 속에 놓여 있었다. 무슨 말인가 하면, 에몬의 어미가 어떤 사정이 있었는지 어떤 신분의 여자였는지 지금은 더더욱 알 수 없는 일이지만, 아무튼 에몬이 아카조메라는 이름을 갖게 된 것은 아카조메 오스미 수령(赤染大隅守)[90] 도키모치(時用)의 자식으로서 자랐기 때문이다. 그런데 가인(歌人)으로서 유명한 다이라노 가네모리(平兼盛)[91]가 그때 태어난 그 아이를 자기 자식이라며 데려가겠다고 나선 것이다. 그래서 게비이시(檢非違使)의 재판거리가 된 것이다. 게비이시청은 비위(非違)를 바로잡는 곳이니까 지금으로 치면 경찰청 겸 법원과 같은 곳이다. 어미는 그 아이를 가네모리의 혈육이 아니라고 우기고, 가네모리는 내 자식이라고 하며 다

90 오스미(大隅): 남규슈(南九州)의 가고시마(鹿兒島)현 동부·아마미(奄美) 군도의 옛 이름이다.

91 다이라노 가네모리(平兼盛, ?~991): 헤이안 중기의 귀족·가인으로, 신적(臣籍)으로 내려오기 전에는 가네모리 왕(兼盛王)이라고 불렸다. 종5품상·스루가 수령(駿河守)으로, 『습유와카집(拾遺和歌集)』『후습유와카집(後拾遺和歌集)』의 대표적 가인의 한 명이다. 『후찬와카집(後撰和歌集)』 이후의 칙찬와카집에 약 90수가 채록되었다. 가집(家集-그 집안사람들의 노래를 모은 것)으로 『가네모리집(兼盛集)』이 있다.

뒀다. 이것은 필경 어미가 자식을 떼어 놓고 싶지 않은 본연의 모성애로 인해 그렇게 말한 것이라고 이해할 수도 있고, 동시에 자기 손을 떠난 여자의 그 자식을 억지로라도 데려오려는 것은 너무나도 정당한 강한 부성애로 인한 것이라고도 이해된다. 그러므로 남녀의 정리(情理)로 판단한다면 가네모리 쪽에 유리하고 여자 쪽에는 불리하다. 게다가 성장한 아카조메 에몬은 가인이었던 가네모리의 혈통을 이은 것으로 보여 재주가 예사롭지 않은 우수한 사람이 되었으니, 아카조메 도키모치라는 게비이시에서 오스미 수령이 되었을 뿐 별로 특출난 재주가 있다는 소문도 없는 평범한 관리의 혈통이라고는 생각되지 않는다. 그러니까 당시로부터 그다지 멀지 않은 『기요스케 아손 초(清輔朝臣抄)』[92] 등에도 '사실은 가네모리의 딸' 운운이라고 나와 있는 것이다.

곰곰이 사정을 살펴보건대, 당시는 연애지상주의가 유행하던 세상으로, 여자는 애정이 명하는 대로 행동하고, 그런다고 기만한 것도 아닌, 그래도 좋다고 용서하는 유연한 시대였다. 그러므로 에몬의 어미는 가네모리와 혼인한 동안에 회임하였으나 어찌 된 인연 때문인지 가네모리와 헤어져 도키모치에게로 간 것이다. 가네모리는 삼십육 가선(歌仙)[93]

의 한 명으로 고레타다 친왕(是忠親王)[94]의 증손이다. 부친인 아
쓰유키(篤行) 때 다이라(平) 성(姓)을 하사받았으며 국학과 한
학의 재능도 있던 사람이었으나 종5품 상급인 스루가 수령
(駿河守)[95]이 된 것만으로 끝나 그다지 영화를 누리지 못한 사
람이었으니, 나이나 혹은 다른 이유로 여자가 싫어했을지도
모르겠다.

가네모리의 가집을 보면 '처음 말을 걸고서 한참 된 사람

~~~~~~~~~~

92 『기요스케 아손 초(清輔朝臣抄)』: 후지와라노 기요스케(藤原清輔, 1104~1177)
   는 헤이안 말기의 구게(公家)·가인이다. 1156년에 정4품하·태황태후궁
   대진(大進)이 되어 제76대(1142~1155) 천황의 황후인 후지와라노 마사루코
   (藤原多子)를 모셨다. 『천재와카집(千載和歌集)』에 19수, 그 이후의 칙찬와카
   집에 89수가 들어 있다. 가집(家集)으로 『기요스케 아손집(清輔朝臣集)』이,
   가학서(歌學書)로 『후쿠로 초지(袋草紙)』 『오기초(奧義抄)』 등이 있으며, 헤
   이안 시대 가학(歌學)의 대성자로 불린다. 구게란 일본 조정에서 일하는 귀
   족·상급관리의 총칭인데, 천황을 가까이서 모시거나 궁중에 출사하던, 주
   로 3품 이상의 위계를 세습하는 집안을 말한다. 가마쿠라 이후에는 무사
   집안인 무가에 대해서 문치(文治)로 천황을 모시는 궁정 귀족 일반을 구게
   라고 부르게 되었다.

93 삼십육 가선(歌仙): 후지와라노 긴토(藤原公任, 966~1041)의 『36인찬(三十六
   人撰)』에 실린 헤이안 시대 와카의 명인 36인의 총칭이다. 이 영향으로
   '중고(中古) 36가선'이나 '뇨보(女房) 36가선' 등이 생겨났다.

94 고레타다 친왕(是忠親王, 857~922): 헤이안 전기의 황족으로, 제58대
   (884~887) 천황인 고코(光孝) 천황(830~887)의 장남이다. 고코겐지(光孝源氏)
   및 고코헤이시(光孝平氏)의 선조이다.

95 스루가(駿河): 현재의 시즈오카(静岡)현 중부지방이다.

에게', '답장도 도무지 하질 않아서', '뭔가 말을 걸어도 너무나 매정한 사람에게', '여자를 찾아가서 말을 걸며 무정함을 슬퍼하고 있는데 새조차 우니', '여자가 보고 싶다는 생각도 하지 않겠다는 말을 해서', '여자가 답장도 하지 않아서', '아직도 너무 힘들어했던 여자에게', '아주 심하게 원망하여', '사모하기 시작한 지 오래된 사람이 출가한다는 소리를 듣고서' 등의 글머리가 붙은 사랑 노래가 많다. 『후찬집(後撰集)』 잡2에 "나니와(難波) 갯벌 물가에 갈대들이 생겨나듯이 내 마음 원망하며 한세상 지새우네"[96]라는 것이 작자미상으로 되어있는데 가네모리의 노래이다. 『신 칙찬집(新勅撰集)』 사랑2 편의 "시라야마(白山)에 내린 눈 밑의 풀이 바로 나라오 거기서 불태우며 세월을 지내겠지"[97]라는 것도 가네모리의 노래이다. 『후 습유집(後拾遺集)』 사랑1, "당신 사랑한 내 마음만 탓하며 원망하네요 자신의 매정함을 나 때문이라

<hr />

[96] 『後撰集』雜二 1170 "難波がた汀のあしのおいのよにうらみてぞふる人のこゝろを." 나니와가타(難波潟)는 지금의 오사카만(大阪湾)의 입구 부분인데, 옛날에는 갯벌이 넓고 갈대가 많은 명소였다.

[97] 『新勅撰集』戀二 0726 "しら山の雪のした草われなれやしたにもえつゝ年の経ぬらん." 시라야마(白山)는 이시카와(石川)·도치기(岐阜)현 경계에 있는 하쿠산(白山)의 옛 명칭이다.

면서"[98],『속 천재집(續千載集)』사랑5, "매정하게만 보이는 당신이여 산마루에서 바람에 구름 날 듯 덧없는 세상인데"[99]도 가네모리의 노래이다.

아직 몇 수라도 더 예를 들 수가 있으나 모두 다 이쪽이 지고 있는 패배의 슬픈 노래뿐이며, 게다가 왠지 딱하게도 가네모리가 상대보다도 나이가 많아 보이는 듯한 기미가 보인다. 이 여자가 가네모리에게 한때는 기울었으나 나이도 걸맞지 않고 성격도 맞지 않아서 결국 아카조메씨에게 가버린 것이 아닐까, 그것이 에몬의 어미가 아니었을까 하는 생각이 들어 어쩔 수가 없다.

그러나 물론 두서없는 이야기로, 여자가 정확히 어떤 사람이었는지 알 수 있는 단서는 없다. 가네모리로서도 왕족 신분을 떠나서 그리 오래된 것도 아닌 사람이고 여식을 찾고 싶은 일념으로 상당히 버텼으니 그 소문이 지금까지 남아 전해지고 있는 것이겠지만, 공교롭게도 아카조메 도키모치

98 『後拾遺集』戀一 638 "戀そめし心をのみぞうらみつる人のつらさを我になしつゝ."

99 『續千載集』戀五 1545 "つらくのみ見ゆる君かな山の端に風まつ雲のさだめなき世に."

가 그 당시 게비이시였으니 당해낼 수가 없었다. 여식은 여자와 함께 아카조메씨에게 빼앗겨 버렸다. 그렇게 해서 그 아이는 성장하여 아카조메 에몬이 된 것이다. 그러므로 당시 사람들이 그러한 경위를 모를 리 없는 것이니 에몬이 에몬으로 되기까지는 몹시 고생했을 거라고 너무나도 동정을 받는 것이다.

19

그러나 에몬은 불행의 서릿발에 짓눌린 채로 썩어 없어질 시시한 풀 같은 여자는 아니었다. 당시의 대 권위자였던 후지와라노 미치나가(藤原道長)의 부인 린시(倫子)를 섬겼고, 그리고 그 재주로 크게 이름을 떨쳤다. 린시는 좌의정(左大臣) 미나모토노 마사자네(源雅信)의 딸로, 처음부터 미치나가의 정실부인이었고, 준삼궁(准三宮)이며, '다카쓰카사 도노'(鷹司殿)라며 세상의 칭송을 받았다. 이 린시의 날개 그늘에 들어가 도움을 받을 수 있는 사람이 된 게 얼마나 에몬을 행복하게 했는지는 모르겠다. 그러나 에몬의 천부적인 자질이 뛰어나지 않았다면, 호화롭고 사치스러운 꽃처럼 비단처럼, 사람 많고 할 일 많은 생활 속에 섞여 들어가 마지막까지 미치나가의 환한 빛의 은혜를 얻는 것은 도저히 해내지 못했을 것이다.

시인이나 가인이라는 것은 본디 사람의 정서도 잘 알고 자연도 즐기는 것이긴 하나 그래도 하여튼 특이한 면이 있고 아주 좋은 사람이라도 상식이 좀 모자라거나 미묘하게 덜떨어지거나 심하면 어딘가 멍청하거나 한 법인데, 에몬은 조금도 그런 곳이 없는 지극히 원만한 사람으로, 방자한 느낌이 강한 이즈미시키부(和泉式部)[100]나 지나치게 신경질적인 우근위 대장(右大將) 미치즈나(道綱)의 어머니[101] 등과는 다른 부류에 속해 있었다.

---

100 이즈미시키부(和泉式部, 978?~?): 헤이안 중기의 가인으로, '중고 36가선', '뇨보 36가선'의 한 명이다. 999년쯤에 이즈미(오사카 남서부) 수령(和泉守)인 다치바나노 미치사다(橘道貞)의 아내가 되어 이즈미 지방으로 갔다. 이즈미시키부라는 이름은 남편의 임지와 아버지의 관명을 합친 것이다. 교토로 돌아온 후에 남편과는 별거 상태였고, 다메타카 친왕(爲尊親王)과의 열애와 친왕의 사후에 그 동생인 아쓰미치 친왕(敦道親王)의 구애는 유명했다. 아쓰미치 친왕이 요절하자 1008년에서 1011년경에 중전인 후지와라노 쇼시(藤原彰子)의 여관으로 출사했다. 1013년경에 후지와라노 야스마사(藤原保昌: 958-1036)와 재혼하여 남편의 임지인 단고(丹後-지금의 교토 북부지방)로 내려갔다.

이것은 한참 나중의 일이긴 하지만, 자식인 다카치카(擧周)가 심한 병에 걸렸을 때 스미요시(住吉)의 신(神)에게 제물을 바치고는 "천년 살라고 아직 어린 아기일 때부터 그저 스미요시신에게 빌면서 살아왔네", "의지하면서 오랜 세월 지냈네, 스미요시 신 우선 이번 병에는 효험을 보여주오", "대신하겠다 기원하는 목숨은 아깝지 않고 헤어진단 생각에 그길이 슬프다오"[102]라고 노래 3수를 읊은 것 등은 여러 책에도 보이는데 좋은 어머니이다.

그 다카치카를 출세시키려고 정월(正月)에 관리 임명식이 시작되는 그날 밤, 눈이 많이 내렸는데도 다카쓰카사 도노를 찾아 가 임관(任官)이 되도록 부탁을 올리면서 "생각해주오, 백발에 내리는 눈 털어내면서 죽기 전에 라면서 서두는 부모 마음"[103]이라고 읊었다. 그랬더니 미치나가도 그 노래를 들

~~~~~~~~~~
101 우근위 대장(右大將) 미치즈나(道綱)의 어머니(936?~995): 정2품 다이나 곤(大納言)인 후지와라노 미치즈나의 어머니로 헤이안 중기의 가인이다. 섭정 관백 영의정(攝政關白太政大臣)인 후지와라노 가네이에(藤原兼家)의 부인의 한 명으로 가네이에와의 결혼 생활 등을 중심으로 『가게로일기(蜻蛉日記)』를 썼다. 후지와라노 미치나가는 미치즈나의 이복동생이다.
102 "千代経よとまだみどり兒にありしよりたゞ住吉の松を祈りき."
"賴みては久しくなりぬ住吉のまつ此度はしるしみせてよ."
"かはらむと祈る命はをしからで別ると思はむほどぞ悲しき."

고 긍휼히 여겨 다카치카를 그 소망대로 이즈미 수령(和泉守)으로 삼아 주었다. "눈을 털어 낸 효험이 있었다고 보이는군요, 내린 눈 헤쳐가며 솟는 샘인 이즈미"[104]라고 미치나가인지 린시인지는 모르겠으나 시가를 읊어 하사하였다. 그 답가로 "누구보다도 특별히 기쁘네요, 이즈미 샘에 눈 녹은 물이 한층 더 불어나겠지요"[105]라고 읊고 있는 것은 아주 좋게 말하면 빈틈이 없고 나쁘게 말하면 요령이 뛰어난 여자이다.

아니 그보다도 더욱 놀라운 것은 남편인 마사히라가 어느 날 집에 돌아왔는데 뭔가 우울한 얼굴을 하고 깊이 생각에 빠진 것 같았다. 그래서 이상하게 생각하여 무슨 일이 있으셨냐고 물었다. 너무 물어대니까 마사히라 선생도 좀 모양새가 좋진 않지만 솔직하게 불었다.

"실은 시조 주나곤(四條中納言) 긴토 경(公任卿)[106]이 주나곤

---

103 "おもへ君かしらの雪をかきはらひ消えぬさきにといそぐ心を."

104 "払ひけるしるしも有りて見ゆるかな雪間をわけて出づる泉の."

105 "人よりもわきて嬉しきいづみかな雪げの水のまさるなるべし."

106 시조 주나곤(四條中納言) 긴토 경(公任卿): 후지와라노 긴토(藤原公任, 966~1041)로, 헤이안 중기의 공경·가인이다. 관백 영의정(關白太政大臣)인 후지와라노 요리타다(藤原頼忠: 924~989)의 장남으로, 정2품인 곤다이나곤(權大納言)까지 올랐다. 『와칸낭영집(和漢朗詠集)』의 편자이다.

(中納言)을 사직하고자 하신다. 그래서 이분이 기노 마사나(紀齊名)에게 사표를 써달라고 부탁하셨다. 마사나는 글솜씨를 발휘하여 썼다. 그런데 경의 마음에 들지 않았다. 그러자 경은 다시 오에노 모치토키(大江以言)에게 부탁하셨다. 모치토키도 애를 써서 초고를 썼다. 그런데 모치토키의 초고에도 만족스럽지 못하다고 생각하셔서, 그 결과 나에게 문안을 써달라고 부탁한 것이다. 마사나의 글은 단아하면서도 무게가 있고, 모치토키의 글은 특이하면서도 재능이 뛰어나 그 풍체가 각각 다르지만, 모두 다 문장이 바다의 용이고 산의 코끼리처럼 최고에 달한다. 그런데 두 사람의 글이 모두 마음에 들지 않아서 새삼 나에게 특별히 부탁하셨으니, 같은 주제로 다른 느낌의 글이 이미 두 장씩이나 완성되었는데 나의 글을 어디에 내놓을 수 있겠는가. 사퇴할 수가 없어서 그냥 돌아오긴 했으나 이 일을 생각하니 나도 또 마음에 들지 않는다고 할 글을 내놓는 데 지나지 않을 터이니, 속상하고 또 괴로운 생각이 드는 것이다."라고 이야기했다.

긴토 경은 원래 학문 시가의 재능이 뛰어나신 분이니, 이런 처지에 놓인 남편이 곤혹스러워하며 번민하는 것은 글로써 입신한 사람의 도리이고 당연한 일이라며 에몬은 아무런 대답도 하지 못하고 잠시 생각에 잠겼는데, 이런 상황에서 말참견으로 남편을 지원할 수 있는 자는 그다지 많지 않다. 물론 에몬은 시가를 잘 읊을 뿐만이 아니다. 법화경 이십팔품(法華経廿八品)을 노래로 읊거나 유마경 십유(維摩経十喩)를 읊거나 하는 것을 보면 학문도 닦은 사람임에는 틀림이 없지만, 남편이 생업으로 하는 문장에 관한 일들에 여자가 주제넘은 말 따위를 어찌할 수가 있겠는가. 그러나 과연 재녀(才女)로서 세상의 쓴맛도 신맛도 다 알고 있는 사람이었다.

"당연한 말씀입니다. 참으로 마사나와 모치토키 두 분의 문장이 좋지 않다고 하는 것은 있을 리 없는 일입니다. 다만 긴토 경은 마음가짐이 상당히 높으신 분입니다. 선조부터 고귀한 집안의 유래를 먼저 서술하고 약간의 침통한 마음을 나타내어 쓰신다면 아마도 마음에 들어 좋다고 하실 텐데, 어떻게 생각하시냐"고 조언했다.

마사히라는 여기에 이르러 과연 그렇겠다고 수긍하여 그런 의미를 포함해서 사표라고는 하지만 약간 뻐기는 듯한 기세를 섞어서 초고를 썼다. 과연 그것은 긴토 경의 마음에 들어서 주나곤 사에몬노카미(中納言 左衛門督)를 물러나고자 청하는 문서는 조정에 봉정되었고, 마사히라는 적어도 긴토 경

에게는 마사나와 모치토키보다도 글 수준이 높다고 인정받
아서 체면을 세웠다. 그 문서가 아직도 남아있으니 재미있
다. 읽어보면 그 안에 "신(臣) 다행히도 대대로 유서 있는 집
안에서 태어나 착오가 있어 과분하게도 영광스러운 직책에
이르렀습니다. 재능은 보잘것없이 초라하여 높은 벼슬한 조
상님들처럼 되기를 기대하기 어렵고 중병도 있어 물러나 쉬
고자 하온데, 버들가지는 왼팔에 나는 것이 마땅하듯이[107] 혹
같은 저는 한가한 데 있는 것이 맞사옵니다"라는 대목이 있
는데 이는 매우 겸손하면서도 긍지를 드러내고 있어서 너무
나도 재미있다. 혹 같은 존재라 높은 벼슬한 조상님들처럼
되기를 기대하기 어렵다며 살짝 자기비하 같은 소리를 해두
고, '혹(柳=瘤: 버들과 혹의 한자 발음이 '류'로 똑같음)은 한가한 데(左
臂=さび: 왼팔과 한적함의 일본어 발음이 같음)에 나야 한다'고 장자(莊
子)의 말을 살짝 비틀어 끌어들여서는 에헴 하면서 새침하고
있는 것 등은 과연 기품 높은 긴토 경을 파안(破顔)케 했으리

107 『장자(莊子)』 「외편(外篇)·지락(至樂)」 참조. "支離叔與滑介叔觀於冥伯之
丘, 崑崙之虛, 黃帝之所休. 俄而柳生其左肘, 其意蹶蹶然惡之. 支離叔
曰: '子惡之乎?' 滑介叔曰: '亡, 予何惡! 生者, 假借也: 假之雅生生者,
塵垢也. 死生爲晝夜. 且吾與子觀化而化及我, 我又何惡焉!'"

라고 짐작된다.

그러고 나서 그뿐만이 아니라면서 황태후에 대한 말씀을 올린다. "수양아들의 은혜를 입고서 또 오랜 세월 벼슬을 하였습니다. 상약(嘗藥)에 관한 일을 넘겨주려 하나 사람이 없습니다."라고 말하며 "잠시 그 선원(仙院)에 계신 분의 뒤를 이어 오로지 이 황태후가 계신 곳에 머물겠습니다."[108] 라고 말한 것은 이 시대의 문장으로서 충분히 완성된 것이다. 긴토 경은 틀림없이 기뻐했을 텐데 마사히라의 이 공로도 에몬의 조언에서 나온 것이다. 긴토 경은 주나곤 사에몬노카미는 사임했으나 특별히 종2품으로 서품되었고 후에는 정2품 곤다이나곤(權大納言)까지 된 것은 모든 이가 아는 그대로이다.

에몬의 재능은, 이 이야기를 보더라도, 정말이지 여간내기가 아니다. 남자였다면 상당히 영달을 누렸을 것이다. 이 정도의 여자이지만, 당시의 풍속으로 남녀 사이는 자유주의가 존중되고 있었으므로, 이것도 나중의 이야기이나, 남편인 마사히라에게는 한때 당한 적이 있었다. 마사히라는 어찌

---

108 "猶子の恩を蒙りて, 兼ねて長秋の監たり, 嘗藥の事, 相讓るに人無し", "暫く彼の仙院の塵を繼いで, 偏に此の后闈の月に宿せん."

된 인연인지 미와산(三輪山) 근처의 이나리(稻荷) 신사에서 신을 받드는 네기(禰宜)인 여자와 정을 통한 적이 있었다. 지금 미와라는 지명을 꺼내었는데, 그것은 『곤자쿠 이야기(今昔物語)』[109] 등에도 없으나 내가 날조한 것도 아니다. 지명도 인명도 아무것도 없어서는 너무 막연하니까, 『아카조메 에몬집(赤染右衛門集)』에 '미와산 부근일까'라고 기록되어 있는 것을 사용한 것뿐이다. 에몬이 아무리 총명 영리한 여자라도 역시 여자는 여자니까 속상하고 견디기도 힘들어 정석대로 애태웠을 것이 틀림없다. 마사히라보다도 아마 틀림없이 기량이 위였을 에몬이 비난하자, 상대가 상수(上手)인 만큼 당해낼 수 없다, 우선은 항복하고 "향후 그런 곳에는 가지 않겠습니다"라며 사죄하고 끝났으나, 그게 또 이상하게도 남녀의 인연이란 것인지, 타다 남은 말뚝은 불이 붙는 것도 빨라서 마사히라는 다시 그곳에 왕래하기 시작했다. 그러자 에몬은 아예 여자의 신상부터 마사히라가 그곳에 머문 시간까지를 확실하게 조사해 두고 마침 마사히라가 그곳에 가

---

109 『곤자쿠 이야기(今昔物語)』: 헤이안 말기에 성립되었다고 추정되는 설화집으로, 작가 미상이다. 인도·중국·일본의 삼부로 구성되어 있으며 각부의 첫머리에 인과응보담 등의 불교 설화가 소개되어있는 것이 특징이다.

있을 때 "기다리는 집 소나무엔 효험이 없었더군요, 이나리 삼나무면 찾아오실 텐데요"[110]라고 하는 노래를 하인을 시켜 보내서 수취증명을 받아오라고 닦달을 했다. 기다린다는 '마쓰'(待)에 소나무의 '마쓰'(松)를 결부시켜서 집에 돌아오는 것을 잊은 것을 원망한 것도 좋지만, 상대가 이나리 신사의 네기인 여자여서 "이나리 삼나무 마을이라면 돌아왔을 텐데"라고 말한 것은 냉시(冷視)와 멸시(蔑視)를 겸하여 마치 여우에게 홀린 것이 그렇게 기쁘냐고 말하듯이 멋지게 일격을 가하고 있다.

남이 노래를 읊어 보냈는데 답가를 하지 않으면 "일곱 생(七生)을 암흑 속에서 태어난다"[111]라는 등의 속담이 있는 일본인, 하물며 마사히라도 또한 '중고 36가선' 중에 들어가 있는 남자이니까 어쩔 수 없이 "나 기다리는 산길을 찾아내지 못하였기에 오가며 방황하다 지나쳐 버렸네요"[112]라고 답장을 써서 하인을 돌려보냈다. '그렇게까지 기다려주는 줄도 모르고 헤매다가 다른 길로 들어가 버렸다, 미안합

---

110 "我が宿のまつにしるしも無かりけり杉むらならば尋ねきなまし."
111 "七生暗に生れる."
112 "人をまつ山路わかれず見えしかば思ひまどふにふみすぎにけり."

니다, 송구합니다.'라고 사죄하는 한 통의 증명서 같은 노래로, 가슴 속도 괴로웠겠지만 노래도 괴롭다. 지나쳐 버렸다(過ぎ-스기), 그래서 삼나무(杉-스기)를 이용했다 등은 꽤나 딱한, 가선(歌仙)의 노래도 무엇도 아닌, 음률이 확실하지 않은 애절한 방귀 같은 노래이다. 그러나 이걸로 응징되어서 여우는 떨어져 버린 것 같다. 그리고 나서는 위풍당당, 긍지 있고 늠름한 마사히라 나으리도 얌전해져서 좋은 아버지가 되었다는 이야기이다. 이 노래가 너무 어설퍼서 아마 나중에 이야기 작가 등이 만들었을 거라고 생각된다면 민폐가 될 터이니 미리 말해 두는데, 분명히 『에몬집』에 나와 있는 것이다.

20

아카조메 에몬은 이런 여자이다. 이런 여자가 신체의 혈기도 넘치고 마음의 열정도 왕성한 한창나이로 게다가 혼인 후 따뜻한 생활을 즐기고 있을 바로 그때, 가까운 친척인 사다모토의 집에서는 비천한 신분의 한 요염한 여인 때문에

풍파가 일어나 그 젊은 아내가 눈물 흘리고 있다는 것을 알게 된 것이다. 알고서는 그대로 두고 남의 일이라고 모르는 척할 수도 없는 일이었다. 더구나 점점 풍파가 심해져서 사다모토의 아내가 나날이 구박받게 되면서는 에몬에게 구원을 요청하고자 뭔가를 했을지도 모를 일이다. 그래서 뭐 일부러 변호사인 양 나선 것은 아니겠지만, 에몬이 사촌 동서인 사다모토의 아내를 위해서 이따금 이것저것 조언을 하게 된 것은 자연스러웠을 것이다.

사다모토 집안과 에몬은 단지 일가일 뿐으로 특별히 친한 사이는 아닌 것 같았다. 이건 약간 지나친 말일지도 모르지만, 사다모토의 형인 다메모토(爲基), 이 사람은 족보에는 가인으로도 되어있으며 문장박사, 정5품하, 셋쓰 수령(攝津守)[113]이다. 이 사람과 에몬 사이에는 아무래도 평범하지 않은 마음의 왕래가 있었던 것으로 보인다. 이 무렵의 일화들을 기록해 놓은 종류의 서적에도 내가 아는 한은 에몬과 다메모토의 연애담은 보이지 않고, 또 과연 사랑 이야기 같은 게 있었는지 없었는지도 명확하지 않지만, 다메모토와 에몬

---

113 셋쓰(攝津): 현재의 오사카(大阪) 북중부와 효고(兵庫)현 남동부 지역이다.

사이에 노래를 주고받은 게 적지 않았던 것은 증거가 존재하고 있다. 다만 그 사랑이 사실이었다 하더라도 쌍방이 모두 조심스러워하다가 끝난 것일지도 모르고, 우선 또 다메모토는 병약하고 그래서 일찍 사망한 것은 사실이다. 좌우간 이 일은 별도의 일로 그대로 남겨 두기로 하겠다.

그러나 다메모토와 사다모토 형제의 모친과 에몬 사이에는 훗날에 서로 찾아보며 지낸 일이 있었던 것은 이 또한 증답가가 몇 수나 남아있어서 분명하다. 매화, 패랭이꽃 등을 가지고 사다모토의 모친이 노래를 읊어 보내면 에몬이 답가를 읊은 것도 있고, 또 에몬의 집에 사다모토의 모친이 머물면서 깊은 밤에 달을 바라보는데 벌레 소리만 나고 사람은 모두 조용히 잠들었을 때, "구름 위에서 내려보고 있으면 좀 좋으련만 소매에 머무는 달 지켜보고 있을까"[114]라고 노녀(老女)의 슬프고 마음 아픈 느낌을 읊은 것이 있다. 다메모토와 사다모토의 동생으로 시게모토(成基)와 다카모토(尊基)가 없었던 것은 아니나, 믿고 의지했던 두 사람을 떠나 '소매에 머무는 달 지켜보고 있을까'라니 너무나도 슬픈 노래가 아

---

114 "雲ゐにてながむるだにもあるものを袖にやどれる月を見るらむ."

니겠는가. 에몬도 감상에 젖어 "지새는 달은 소맷자락 비추며 흘러가건만 슬피 우는 요즈음 벌레 소리 슬프네"[115]라고 답가를 읊어 보냈다. 이 노래는 『속 고금집(續古今集)』에 실려 있다. 일가의 일이니까 이처럼 왕래가 빈번했을 것이다. 아무런 이상한 일도 아니다.

이런 한 집안의 인간관계이다. 이런 인품의 아카조메 에몬이다. 억울하게 구박받는 사다모토의 젊은 아내에게 동정하여, 또 당연하지만 리키주 편을 들 리 없는 사다모토의 모친의 힘도 보태서, 에몬은 어느 날 사다모토를 향해 아름다울 뿐인 리키주에게 빠져드는 일이 좋지 못함을 설명하고 아내에게 다정하게 대해야 함을 설득하며 권했다. 정말로 그것은 말에 빈틈이 없고 정리(情理)를 아우르며 따져서 아름답고 또 이치에 맞게 훌륭하게 설득했을 것이다.

원래 재력이 있으면 재물을 빌려줘서 가난한 이를 도울수가 있다. 재능이 있으면 재능을 빌려줘서 모자란 이를 도울 수가 있다. 자연히 그런 일이 생겨나는 게 이 세상의 자연스러운 모습이다. 그렇기에 아카조메 에몬 정도가 되면

---

115 "ありあけの月は袂にながれつゝかなしき頃の虫の聲かな."

자기 자식인 다카치카가 사랑에 빠지게 되었을 때 사랑의 최대 무기인 와카(和歌)를 다카치카 대신에 만들어 주고 그 것을 상대 여자에게 보내게 한 적이 종종 있었다. 참으로 든든하고 고마운 어머니로 아들인 다카치카는 덕분에 얼마만큼은 좀 멋진 남자가 되었을지도 모르겠다. 그 노래는 지금까지도 명확하게 남아있으니까 거짓말도 그 무엇도 아니다.

그런데 상대방 여자 리키주도 아직 젊어서 아카조메 에몬이 대작한 솜씨 있는 노래에 답가를 보낼 수는 없었지만, 다행히도 그 언니뻘 되는 사람으로 이즈미시키부(和泉式部)라고 하는 비범한 여류 가인이 있었기에 부탁해서 답가를 써 달라고 했다. 이즈미시키부가 대작한 사랑의 노래도 지금 확실히 남아있다. 쌍방이 모두 솜씨가 뛰어난 비범한 이들이다 보니 이 정도는 별것도 아니다. 연애 변리사(戀愛弁理士)끼리의 웅변 교설(雄弁巧說), '점점 더 아름다워졌습니다'라는 모양새가 되어버렸다. 이런 일이 계속된 끝에 결국 무사시 수령(武藏守)인 고노 모로나오(高師直)[116]라는 이상한 늙은 이가 우라베노 겐코(卜部兼好)[117]라는 건방진 중에게 염서(艶書)를 주문했다는 등의 이야기가 생겨나기에 이른 것이다.

『오구라 백인일수(小倉百人一首)』에 실려있는 아카조메 에몬의 "기다리지 말고 자면 좋았을 텐데 밤이 깊어져 기울 때까지 달을 보고 있었네요"[118]는 대단히 좋은 노래인데, 그것도 에몬 자신의 심정에서 나온 노래가 아니라 남을 대신해서 그때의 심정을 사실적으로 읊은 것이다. 인정할 수밖에 없는 절묘한 작품으로, 면면히 이어지는 정서, '기울 때까지 달을 보고 있었네요'라니, 이처럼 '-네요'의 두 글자가 제대로 울리는 '-네요'는 오늘날에 이르기까지 백천만 번이나 사용된 '-네요' 중에서도 좀처럼 없다. 이와 같은 노래를 받게 되면 남자라는 것은 거미줄에 걸린 잠자리나 마찬가지가 되어버려서 그야말로 단단히 묶여버렸을 것이다.

---

116 고노 모로나오(高師直, ?~1351): 정식 이름은 다카시나노 모로나오(高階師直)로, 가마쿠라 말기에서 남북조 시대에 걸쳐 아시카가 다카우지(足利尊氏)를 섬긴 무장(武將)·관료·정치가·가인(歌人)이다. 겐코 법사(兼好法師)와의 친교가 있던 것으로 알려져 있다.

117 우라베노 겐코(卜部兼好, 1283?~1352?): 가마쿠라 말기에서 남북조 시대에 걸친 은둔자·가인·수필가로, 종5품하 좌병위좌(左兵衛佐)까지 승진한 후 30세 전후에 출가 은둔했다. 우라베 집안은 고대부터 신도를 받드는 가문으로 아버지도 요시다 신사(吉田神社)의 신관(神官)이었으며, 에도시대 이후는 요시다 겐코라고 부르게 되었다. 일본 삼대 수필의 하나인 『쓰레즈레구사(徒然草)』와 사가집인 『겐코 법사 가집(兼好法師家集)』이 있다. 일본 삼대 수필에는 『마쿠라노소시(枕草子)』, 『호조키(方丈記)』가 들어간다.

118 "やすらはで寝なましものを小夜ふけて傾ぶくまでの月をみしかな."

이만한 아카조메 에몬이 나서서 넘쳐나는 재능을 상대방을 위해 도와주고 게다가 정당한 도리가 있는 편에 서서 이야기를 했으니 사다모토란 자도 당해낼 수가 없다. 우선 당장만이라도 너무나도 지당하다면서 항복을 안 할 수가 없는 상황이었다.

21

하지만 그렇게는 되지 않았다. 사다모토에게는 리키주의 사랑스러움이 뼛속까지 사무치고 있던 것이다. 아니, 뼛속에 사무칠 정도가 아니라 혼백 같은 게 벌써 다 빠져나가 리키주의 가슴 속 깊은 곳에 스며들어 가 있던 것이다. 아내는 이미 아내가 아니었다. 옷소매 위에 떨어지는 꽃잎, 다리 밑의 낙엽만큼도 못 되는 것이었다. 아내가 심각한 눈초리로 원망한 적도 있었겠지만 그건 울타리 밖의 반딧불 정도로밖에는 보이지 않았을 것이다. 모친이 자애로운 눈길로 타이른 적도 있었겠지만 죄스럽게도 그것도 구름 위 새의 그림자로 잠시 정도밖에는 마음에 두지 않았을 것이다. 아무리

가인(歌人)이고 재녀(才女)라도, 상식이 원만하게 발달하고 어지간한 흔들림 없이 올곧은 아카조메 에몬이라도, 그저 뻔한 사촌의 아내인 것이다. 그런 사람이 이러쿵저러쿵 말해 봤자 사다모토의 귀에는 애당초 들리지 않았을 것이다. 별로 항변하는 것도 아니고, 반박하는 것도 아니고, 나무 사이의 매미 소리인 양 듣는다고 마음에 두는 것도 아닌 그런 상태로 취급해버렸다.

에몬도 발휘한 수완이 대충 얼버무려지는 꼴이 되자, 그만한 기량이 있는 여자니까 더욱 기를 쓰고 여러 가지로 설득을 했을 것이다. 그러나 인간에게는 타고난 성격이나 기능 외에도 키의 높이라는 것이 있어서 사다모토의 정상을 벗어난 큰 키에는 에몬의 손이 닿을 수가 없었던 모양이다. 아무런 반응도 쉽사리 일어나지 않았다. 세상에는 아무것도 못하면서 눈높이의 키만 큰 자가 있는데, 그런 자는 전란이 일어난 세상이라면 띠풀이나 억새처럼 베어져 나뒹굴 뿐이고 평화로운 세상이라면 스스로 나서서 미치광이가 되는 게 고작이어서 사회에 처치 곤란한 골치덩이로 머물게 되는데 사다모토는 아마도 그런 키 큰 사람이었을 것이다.

그러니 에몬은 자존심이나 자긍심을 상처받는 데 불과한

결과가 되고 말았다. 심히 재미도 없고 따분하게 되어서 사다모토의 아내나 모친에게도 면목이 없으니 조금은 기량을 낮춰 마음속으로는 영 내키지 않았으나 '부디 잘 생각하셔서'라는 정도를 사다모토에게 말하고 물러나는 수밖에 방법이 없게 되었다. 여기서 어떤 식으로 에몬이 솜씨 있게 호소하고 능란하게 말을 하고 조리 있게 설득했는지를 잠깐 써보고 싶기도 하지만, 진 씨름의 수법을 상세히 설명하는 것도 바보짓이니까 생략하기로 하겠다.

사다모토 쪽은 반갑지 않은 연기가 코끝을 스쳐 간 정도의 일로 끝내고 말았는데, 수습이 안 되는 것은 에몬의 마음속이었다. 에몬에게는 직접 고통이 있네 없네 하는 것은 아니지만, 자기가 생각한 것이 아무런 반응도 없이 바람 속으로 약간의 재를 흩뿌린 것처럼 사라져버렸다는 것은 그 누구한테 있어서나 분한 일이다. 더욱이 상당한 자부심이 있는 자에게는 자기가 약간의 타격을 받은 것 이상으로 찝찝하고 불쾌한 느낌이 들기 쉬운 법이다. 거기에 더해 서로 간에 경애심은 있어도 증오도 혐오도 있을 리가 없는 자기에게조차 그런 경시 혹은 멸시를 하는 그런 남자가 지금은 혐오와 염증을 지나 증오 또는 학대조차 하는 그 아내인데, 어설피 옆에서 그 아내에게 동정하여 그 남편을 비난하는 듯한 말을 들어준 것을 알게 되었으니 점점 더 그 아내에게 혐오감이 커져서 학대하는 상황이 더 심각해지리라 생각하니 그 아내가 가엾어서 참을 수가 없는 데다가 그 남자에 대한 미움이 치밀어 올라서 견딜 수가 없게 되었다.

22

내 마음의 평정을 유지할 수 없다고 하는 정도는 아니지만, 밥을 지을 때 보글보글 작은 거품이 올라와서는 사라지고 사라져서는 또 올라오는 것 같은 그런 걷잡을 수 없는 평탄치 못함이 뱃속에서 끊임없이 생겼다 사라지는 것을 피할 수는 없었을 것이다. 그러므로 에몬은 마침내 남편인 마사히라에게 곡절을 밝혀 사다모토의 근황이 좋지 않음을 말하고 그 아내의 딱한 처지를 알리고는 어떻게든 해줬으면 좋겠다고 호소했다. 남자는 남자 대로 남의 그런 일에는 상관하고 싶지 않다고 생각한다. 마사히라는 일단은 그대로 흘려들으려고 했다. 그러나 에몬은 재주 있게 말을 했다. 마사히라는 이런데도 상관하지 않고 지나쳐버리면 마치 자기도 사다모토와 똑같은 처지가 되면 자기 아내에게 냉혹한 남자처럼 자기 아내가 간주하게 될 것이라고 느끼지 않을 수 없었을 것이다. 그래서 사다모토에 대해서라기보다는 자기 아내에 대한 감정에서 움직이기 시작하여, "알았다, 그럼 때를 봐서 사다모토에게 이야기를 하겠다"라는 상황이 되어버렸다. 마사히라와 에몬 부부는 아주 사이가 좋았던 것이었다.

남녀가 서로 등을 돌린 곳에 참견하러 나서는 것만큼 위험한 일은 없다. 만약 그 남녀의 사이가 좋아진다고 해도 나중에 좋게 생각해 줄 리가 없다. 쌍방의 오래된 상처를 알고 있는 불편한 타인이기 때문이다. 또 사이가 좋아지지 않고 끝나면 애당초 참견해준 보람도 없으니까 역시 마찬가지다. 그러나 친인척 사이일 때는 또 다를 수 있다. 그렇지만 마사히라도 사다모토도 혈기왕성 패기 만만한 무렵이고 둘 다 학식도 있고 재주도 있고 허물없는 잡담을 하더라도 서로 지고는 못 배기는 나이 때라 이런 식의 이야기가 좋은 결과를 낳을 리 없는 것은 자연스러운 일이었다. 그러나 다행히도 둘 다 못나고 오만한 사람은 아니었기에 훗날 무슨 소문거리가 될만한 일은 없이 끝나버렸다. 그렇지만 서로의 감정은 반목하게 되었고, 그래서 마사히라는 마사히라 대로, 사다모토는 사다모토 대로, 각자 나로세 하며 소원하게 되어버렸을 것이다.

짐작건대 한쪽은 노류장화(路柳牆花)의 아름다움에 넋을 잃는 일이 보람 없는 것임을 들어서 수신제가의 소중함을 넌지시 읊었을 것이다. 그 점에 대해 반대할 명분이 없으니 한쪽은 말없이 가만히 있었을 것이다. 이 가만히 있다고 하는 것은 참으로 맞설 수도 없는 난처한 일이고, 또 게다가 한쪽은 오에의 가문이 유교를 내세우며 서 있는 셈이니, 집안을 다스리지 못해서 마누라가 나가게 되었네 어쩌네 하는 것은 부득이한 사정이 아니라면 일가 전체가 세상의 비난을 받아서 상당히 불리하게 될 것이라고도 말했을 것이다. 이에 대해서도 또 한쪽은 가만히 있었을 것이다. 어쩌면 칠거지악에 대해서도 언급하게 되었을 것이다. 칠거지악이란 첫째 무자식, 둘째 바람, 셋째 시부모 불효, 넷째 구설, 다섯째 도둑질, 여섯째 질투, 일곱째 고질병이다. 이것에 대해 사다모토 쪽에서는 구설과 질투의 두 조항을 들어서 이러쿵저러쿵 말할 수도 있는데 사다모토는 지금 당장 아내를 꼭 내보내겠다고 주장하는 것도 아니기에 역시 가만히 있었을 것이다. 무슨 말을 해도 가만히 있다. 자기도 아내인 에몬과 마찬가지로 상대도 안 해주고 묵과로 끝나서는 마사히라도 참을 수가 없게 되었을 것이다.

마침내 리키주가 예쁜 여자라는 것이 사다모토가 빠지게 된 근원이라는 생각이 들어 미색이라는 것에 칼끝이 향했을 것이다. 달기(妲己)[119]나 포사(褒姒)처럼 요괴 같은 데가 있는 무서운 미인을 비유하는 것도 과장이긴 하지만 여색을 탐한다는 말과 인연이 닿으니 초왕(楚王)이 진(陳)을 토벌한 후에 하희(夏姬)[120]를 들이려고 했을 때 신공 무신(申公 巫臣)이 간언한 "색을 탐하는 것을 음란(淫)으로 친다. 음란을 대죄(大罪)

---

119 달기(妲己, BC 1076~BC 1046): 중국 은나라 말기(BC 11세기경) 마지막 왕이며 폭군으로 알려진 주왕(紂王)의 총희(寵姬)이다. 서주의 마지막 왕인 유왕(幽王: 재위 BC 782~BC 771)의 총희인 포사(褒姒)와 함께 하나라(BC 1900~BC 1600) 폭군이던 걸왕(桀王)의 총희인 말희(末喜)이래, 고대 중국사에서는 그 미모로 왕을 파멸시켜 나라를 멸망하게 한 악녀의 대명사로 불린다.

120 하희(夏姬, 생몰년 미상): 중국 춘추시대(BC 771~BC 5세기)의 여성으로 그녀와 관련된 남성들이 불행하게 된 것으로 알려져 있다. 그러나 무신(巫臣, 생몰년 미상)은 BC 589년에 하희를 아내로 맞이하여 딸을 낳았으며, 그 딸은 진나라(晉)의 현신(賢臣)으로 유명한 양설힐(羊舌肹, 생몰년 미상)의 아내가 되었다.

로 친다"고 말한 것을 기억해내서 여색을 밝히는 것을 어리석은 일이라고 말하기도 했을 것이다. '색을 밝힌다'는 두 단어는 정말이지 예쁜 여자를 좋아하는 자에게는 감이 확 오지 않을 수 없는 말이다.

하희라는 이는 시시한 여자였으나 대단한 미녀였음에는 틀림이 없다. 장왕(莊王)[121]은 무신의 간언을 받아들여 아무 일도 없이 끝났으나 무신이 상서롭지 않은 여자라고 말한 것처럼 온갖 곳에 불행을 뿌린 여자였다. 하희에게 리키주를 비유한 것도 아무렇지 않았겠지만, 색을 밝힌다는 한마디는 사다모토에게는 강한 울림이 있었을 것이다. 완전히 여색을 밝히고 있었던 것이 틀림없었기 때문이다. 사람은 모두 아무리 심한 말을 들어도 급소를 찌르는 것이 아니면 내버려 둘 수 있지만, 우연히라도 역린(逆鱗)을 건드리면 즉 급소를 찌르는 말을 하면 화를 내게 되어있다. 욱하고 반항심 적개심이 불꽃을 일으키는 것이다. 그때까지 좋지 않은 얼굴을 하고는 있었어도 별로 반항하는 것도 없이 흘려듣고 있던 사다모토도 여기에 이르러서는 폭발했다.

---

121 장왕(莊王, ?~BC 591): 중국 춘추시대 초나라의 왕(재위: BC 614~BC 591)으로, 초나라 역대 군주 중에서도 최고의 명군으로 알려져 있다.

하나는 요즈음 내내 발바닥에 밟힌 밥풀 같은 저 마누라를 어찌할까 어찌할까 생각하며 내심 문제 삼고 있었던 탓도 있을 것이다. 또 하나는 예컨대 비단 실이 꼬여 풀 수 없게 된 것을 어떻게 처리할까 하고 문제시하면서 궁리하고 있던 차에 호의라고는 해도 옆에서 갑자기 그 한쪽 끝을 세게 당기는 바람에 점점 더 풀 수가 없게 되어, 에이 귀찮다 잘라버리자며 가위를 꺼내 들 마음이 생기는 것과 같은 결단이 뱃속에서 선 탓도 있을 것이다.

사다모토는 갑자기 가문에도 어울리지 않게 "인연이 이와 같네, 인연이 이와 같네"[122]라고 거듭 되뇌고는 "아무래도 인연이라는 것은 옳고 그름이 없어 보인다. 성인 현인이라고 해도 마음에 들지 않는 아내는 이별한 선례도 있다. 하물며 우리야" 하며 허리를 곧추세웠다. 마사히라는 "아니" 하며 약간 몸을 뒤로 뺐다. 사다모토는 몇 달 동안 다루고 있던 문제였기에 자연히 그다음이 술술 입에서 튀어나왔다.

『예기(禮記)』 「단궁(檀弓)」편에도 나와 있듯이 '선생님의 어

---

122 "如是因, 如是緣, 如是因, 如是緣."

머니가 돌아가셨으나 상을 치르지 않았다'라는 조(條)[123]에 의하면 공자(孔子)의 손자인 자사(子思)가 아내와 헤어진 것은 분명하다. 또 그 장(章)에서 제자가 자사에게 묻는 말에 "옛날에 선생님의 선친께서는 나가신 어머니의 상을 치르셨습니까"[124]라는 게 있는 것을 보면 자사의 아버지인 백어(伯魚)도 아내와 헤어진 것 같다. 아니, 그보다도 같은 장(章) 다른 조(條)의 '백어의 어머니가 죽은 뒤 일 년이 지났건만 백어는 여전히 곡하였다'[125]라는 글에 의하면 백어의 어머니 즉 공자의 아내도 우리의 성인 공자와 헤어진 것은 분명하다. 어떤 사정이 있었기에 성인이 자식까지 있는 부인과 헤어졌는지, 그건 내가 배움이 짧아 아직 못 보고 못 들었으나 공자는 나이 열아홉에 송나라 병관(幷官)[126]씨와 결혼하여 그다음 해에 리(鯉, 자는 백어)를 낳았다. 백어가 출모(出母)의 일주기에 아직도 곡을 하는 것은 자연스러운 일인데, 공자가 병관 씨와 헤어진

~~~~~~~~~

123 "자상지모사 이불상(子上之母死 而不喪)", "子上の母死して喪せずの條."
124 "석자자지선군자상출모호(昔者子之先君子喪出母乎)" "昔は子の先君子出母を喪せるか."
125 "백어지모사 기이유곡(伯魚之母死 期而猶哭)" "伯魚の母死す、期にして而して猶哭す."
126 혹은 올관(兀官) 씨라고도 한다.

것은 인연이 맞지 않았다는 것(因緣不和) 외에는 나는 수긍이

안 간다. 성인의 덕이 집안을 다스리는 데 부족함이 있었다고

는 아무도 말할 수 없다. 그러나 공자도 "무릇 상지(上智: 천재)

와 하우(下愚: 천치)는 변하지 않는다"고 말한다. 변하지 않는

다는 것은 하늘이 내린 것이므로 덕화도 소용없다는 말일 것

이다. 성인의 성덕(盛德)이라고 해도 나이가 젊었을 때니 참다

참다 손을 털고 내보낸 것일까, 혹은 병관에게 좋지 않은 점

이 있었을까. 모두 먼 옛날 일이어서 생각을 알 수도 없고 지

금 어떻게 할 수도 없지만, 우리 범부에게는 그저 인연은 불

가사의하다는 생각만 남는다. 어떻게 생각하느냐.

이렇게 의외의 역공으로 나왔다. 이것은 사다모토가 마사

히라보다 학식이 뛰어났기 때문이라는 그런 이야기는 아니

고, 사다모토 쪽은 현재의 자기 입장에서 이런 것을 실제 문

제로 이것저것 고민하며 생각하고 있었기 때문이다. 마사히

라는 잠깐 물러서지 않을 수 없었다. 씨름으로 치자면 여기

서 사다모토가 한발 앞서 나간 셈이고 마사히라는 손쓸 틈

도 없이 간단히 밀려났을 것이다. 그러나 사다모토는 별로

승부를 다툴 작정이었던 것은 아니어서 추궁하는 듯한 태도

는 취하지 않았다.

하지만 마사히라 쪽에서는 명백히 자기가 밀려나서 비틀거리는 것을 느꼈다. 그러나 마사히라도 내로라하는 사나이다. 이리되면 이야기가 학문적인 데서 밀려난 꼴이 되어버리니까 참을 수가 없었다. 별로 다투기 위해 온 것이 아닌 것은 뻔히 아는 일이지만, 진 것 같은 모양새가 되어서 물러나는 것은 싫었다.

역시나 재능있는 인사답게 학식으로 맞받았다. '민첩한 군사 수백이 아와즈 해변을 내달리는 것 같은' 대단한 문장을 만드는 남자인 만큼, '비록 단궁은 육국(六國)의 인물, 단궁 일편(檀弓一篇)은 『예기』에 있다 하더라도 원래 전해지는 이야기에 나오는 것만으로 크게 믿어서는 안 된다'는, 이런 논법을 말하려 들면 못할 것도 없지만 그런 에두른 것을 고지식하게 말하기보다는 상대방의 공세를 그대로 받아 "맞는 말이네" 하고 말한 채로 잠시 생각하더니, 느닷없이 생각난 것이 있었는지 엷은 웃음을 띠었다.

"그렇지, 성인도 성격이 안 맞는 아내와 헤어진 일도 있기는 했겠지, 그러나 성인은 아내와 헤어졌다고 해도 그 후에 다른 여자를 맞이해 아내로 삼은 적은 없는 것으로 아네. 그 증거는 공자의 자식이 백어 한 명뿐으로 병관씨가 낳은 단 한 명, 그 외에 백어의 동생이라는 것은 없었네. 또 공자가 후처를 맞이했다, 그게 누구였다 하는 것도 이 사람 배움이 짧아 아직 보지도 듣지도 못하였네만."

이렇게 이야기는 참으로 지극히 교묘하게 흘러갔다. 이번에는 사다모토가 내뻗은 손을 오히려 가볍게 당겨두고 측면에서 옆으로 밀친 것 같은 모양새였다. 사다모토는 저항을 당한 것은 아니지만 뜻하지 않은 쪽으로 몸이 기우뚱해진 셈이다. 아내와 헤어지는 것은 헤어지더라도 리키주를 후처로 맞이하는 일은 없도록 하라는 것이다. 애당초 성인이 어쩌고를 꺼내 든 자체가 이상한 일이었기에 이상한 일의 결과는 이상한 일이 되어버린 것이다. 쌍방의 이야기는 실제 생활상의 일에 대한 것이었는데 석연치 않은 이야기를 서로 꺼내든 결과는 서책에 있는 옛이야기가 되어버렸다. 그러나 그것도 좋았다. 서생의 한담으로 사건은 끝나버려서 아무런 옥신각신도 없고 모나는 일도 없이 마무리되었다.

다만 쌍방 모두 그것이 평상시의 왕래도, 학문 문장의 담

론도 아니었음은 서로의 마음속에서 모를 리 없었기에, 마사히라 쪽은 '남이 모처럼 친절을 베풀어 이야기를 해주었는데 못 알아듣는 친구로군' 하고 생각한 한편, 사다모토 쪽은 '공연한 참견이군, 요전엔 어설픈 재녀가 오더니, 오늘은 어설픈 학자가 와서 무슨 헛소릴 하는 거야, 이것도 결국은 저 마누라가 뭐든지 다 밖에다 누설했기 때문이지' 하며 뱃속이 부글부글했을 게 틀림없다. 만물의 인연이란 것은 좋아지는 것도 나빠지는 것도 모두 그런 식으로, 친절은 도리어 원수가 되고 도움은 도리어 방해가 되어서 사다모토는 점점 더 아내를 싫어하고 아내는 점점 더 남편을 원망하면서 무언의 쌀쌀한 눈과 질투의 꼬인 말들이 날로 심해졌는데, 사다모토는 그 어떤 추세로 인해 마침내 아내와 헤어지겠다는 말을 꺼내버렸다.

23

여자는 그야말로 울기도 하고 웃기도 하고 하였으나 그 어떤 방법도 모두 다 소용이 없었고 결국엔 집을 나가버렸다. 당시의 이별하는 형식 등에 대해서는 지금 이걸 자세히 알 만한 자료가 부족하지만, 어차피 아름답게 웃으며 헤어진다는 것은 있을 리가 없으니 남자는 눈을 부라리고 여자는 원망하면서 온갖 한심스럽고 혐오스러운 모습을 다 드러내고 헤어졌을 것이다. 그렇지 않고서는 헤어질 수 없을 테니까. 특히 여자에게 있어서는 일생을 완전히 먹칠하는 것이니까 사다모토의 아내는 원망도 했을 테고, 미워도 했을 테고, 사람도 아닌 것처럼 지금까지의 남편을 멸시도 했을 것이며, 잘 되나 두고 봐라, 지옥에 떨어져라, 짐승으로 환생해라, 귀신이 되어서 괴로워해라, 아귀가 되어서 시달려라, 라고 저주도 퍼부었을 것이다. 그리고 자기 장래, 아무런 빛도 없고 색도 없고 향도 없이 단지 새까맣고 차가운 어둠만이 가득한 세계를 내다보고는 슬프고 두려워 도저히 견딜 수 없는 심정이 들었을 것이다.

무릇 인간세계에서 부부 이별을 하는 여자만큼 동정할 만한 것은 없을 것이다. 그러나 결코 좋기만 한데서 이런 일이 생겨나는 것은 아닐 테니까 동정할 가치가 없는 부분도 틀림없이 있기는 할 것이다. 가령 사다모토의 아내도 투기심이 조금만 더 적었더라면 사다모토가 아무리 리키주에게 빠졌다 해도 굳이 헤어지는 데까지는 이르지 않았을 거라고 생각된다. 그러나 뭐가 어떻든 간에 평생의 고락을 타인에게 의지하는 여자이다 보니 좋든 나쁘든 뽑아 든 제비 같은 남자와 헤어져서는 감당하기 힘들 것이다. 그런 점에서 남자 쪽은 5할이든 10할이든 비율이 좋다. 심한 사람은 비가 개어서 도롱이를 벗고, 물이 다 말라서 배를 버리는 기분으로 여자와 헤어져서 아이구 시원하다는 등 익살을 부리기도 할 것이다. 그러더라도 그 남자가 대단한 악인이 아니라는 경우도 있으니까, 도대체 애정이라는 것에는 도덕이라는 게 있는가 어떤가 하고 의심이 갈 정도인데, 어쨌든 여자는 불리한 입장이다.

사다모토는 물론 악인인 건 아니지만 말(馬)로 치자면 성질 있는 말이고, 사람으로서는 강직한 사람이 될 것이다. 그러니까 마누라를 내보내고 나서는 그야말로 개운한 마음으로 혼신의 정을 쏟아 리키주를 사랑했을 것이다. 임지인 미카와에서는 최고 지위의 미카와 수령이고 자기 외에는 다 아랫사람이며 행동은 자유롭고 음식은 최고급이고 태평성세의 공무는 한가하니 무엇 하나 마음대로 안 되는 것도 없고, 좋아하는 사냥이라도 하며 산야를 내달리면서 상쾌한

땀을 흘리든지 하늘이 촉촉하게 조용히 비라도 내리는 날에
는 말끔한 서재에 향로와 시집을 갖추어 읊고 쓰고 그리는
놀이로 성정(性情)을 보양한다든지 하면서 마음껏 자유분방
한 생활을 즐겼을 것이다.

24

그런데 그렇게 언제까지든 할 수 있으면 그런 좋은 일이 없
겠지만 "꽃도 백일 동안 붉은 게 없고 옥같이 아름다운 나무
도 또한 시들어 상한다"[127]라는 것은 인생의 정해진 이치여
서, 하늘이시여 어찌 이 사람에게 이리 가혹하시나이까, 그렇
게 됐다. 아니, 떠난 아내의 저주가 통한 건지도 모르겠다. 언
제부터라고 할 것도 없이 리키주는 시름시름 병을 앓기 시작
했다. 당시는 의술이 아직 미숙했다고는 하나 그래도 그에 상
응하는 치료법은 있었다. 또 십일면관음의, 약사여래의, 이런
기도 저런 기도 해서 기도의 방법도 수없이 많았다. 병은 괴

---

127 "花無百日紅, 玉樹亦凋傷."

롭고 심한 것은 아니었으나 아름다운 꽃이 꽃병 속에서 날로 시들어가듯이, 깨끗한 오이가 광주리 안에서 점점 예쁜 윤기를 잃어 가듯이, 리키주는 차츰차츰 쇠약해져 갔다.

사다모토는 초조해지기 시작했다. 화를 내고 남에게 분풀이하는 날이 많아졌다. 근심을 혼자서 겪는 일이 많아졌다. 치료법을 구하는 일이 좀 광적으로 되었다. 어떤 날은 병이 좀 나아서 기운이 회복된 듯 투명하고 여윈 얼굴에 연분홍빛 화색이 돌아서 참으로 놀랄 만할 아름다움이 드러나는 일도 있었으나 그것은 도리어 병이 진행되는 과정이었다. 환자는 사다모토의 사랑을 대단히 고마워하면서 사다모토의 손에서 받아드는 쓰디쓴 약이 먹기 힘들어도 일부러 기쁜 체하며 마셨다. 사다모토는 그것을 알 수 있기에 참으로 괴로웠다. 기도에 쓰는 영험한 물, 본존(本尊)께 바친 청수(淸水)를 들게 하니까 그것은 감미로운 청수이기에 환자는 진심으로 기뻐하며 마시고는 사다모토를 보고 살짝 웃는다. 이 세상에 살면서 지금은 그저 냉수를 가지고도 이렇게나 기뻐하는 것일까 하고 생각하니 사다모토는 견딜 수 없이 슬퍼서 마음속으로 울음이 터져 나와 어쩔 수가 없었다. 병은 조금도 치료되는 쪽으로 향하지 않았다. 좋은 말(馬)이 정확한

발걸음으로 전진하듯이 차츰차츰 나쁜 쪽으로만 나아갔다. 그 도착점, 죽음이라는 바닥없는 계곡이 가까워진 것은 사다모토도 상상할 수 있게 되었고 리키주도 그것을 알게 된 것이 이쪽 눈에 판연히 보이게 되었다. 그러나 두 사람 다 그 불길한 것은 마음으로도 말로도 건드리지 않도록 노력했다. 서로 버리고 싶지 않은 집착의 마음이 세상의 실재에 반비례하여 강하게 움직였기 때문이다.

그림자가 움직이지 않는 날은 있을 수 없다. 때는 왔고 그림자는 흘러갔다. 리키주는 나뭇잎이 흔들리다 멎어서 바람이 없어진 것을 알아채듯이 마침내 편안히 눈을 감았다. 사다모토는 자기도 같이 죽은 것처럼 되었으나 그것은 잠시 잠깐일 뿐 죽지 않은 자는 죽지 않았다. 확실히 살아남아 있었다. 헤어진 것이다. 둘이서 하나 되어있던 혼이 그는 나를 버리고 나는 그를 따르는 것이 이루어지지 않아서 그는 갔고 나는 남은 것이었다. 그저 망연자실해 있을 뿐이었다.

"삶은 서로 아끼고 죽음은 서로 버린다"[128]라는 속담이 있다. 그 속담대로라면 사다모토는 조속히 승려에게 청하여

128 "生は相憐れみ、死は相捐つ."

독경을 하게 하고 장례의 절차를 밟아야 했다. 그러나 보통의 관례처럼 사회적 절차를 진척시키기에는 사다모토의 애착이 너무나 깊어서 리키주는 죽어서 확실히 나를 버렸지만 나는 차마 리키주를 버리지 못했다. 돗자리를 바꾸고 젯상을 살피며 꽃을 공양하고 향을 태우는 등의 일은 하인들이 하는 대로 맡겨 뒀으나, 승려를 불러 관에 염하는 것은 그리 하라 시키지 않았기에 아무도 손을 대는 자가 없었다. 하루가 지나고 이틀이 지났다. 병의 성질 때문이었을까, 지금 이미 며칠이나 지났는데도 얼굴빛이 마치 살아있는 것 같았다. 사다모토는 그 옆에 낮에도 있었고 밤에도 엎드려서 안타까운 생각에 내 몸의 움직임도 내 마음에 의한 것이 아니고 그저 멍청하고 아득히 시간을 보냈다.

그때의 장면이다. 옛 문장에 기록되기를, "너무 슬퍼서 아무것도 못 하고 있다가 엎드려 말을 걸며 입을 빨았는데 망측한 향이 입에서 나왔기에 역한 느낌이 생겨 울고 또 울면서 장례를 치렀다"[129]라고 씌어 있다. 살아서는 사람이었고 죽어서는 물체였다. 사다모토는 본디 사람에게 애착을 느낀 것이었다. 물체에 애착을 느낀 것이 아니었다. 그러나 물체가 여전히 사람 같았기에 언제까지나 옆에 있었을 것이다.

그리고 어느 날 무심코 자기 입을 죽은 이의 입에 가까이 대고 입맞춤을 했을 것이다. '입을 빨았는데'라고 소박하게 쓴 옛 문장은 참으로 좋았다. '망측한 향이 입에서 나왔다'고 했는데 그것은 정말로 누구도 상상할 수 없을 정도로 역겨운, 그야말로 진정 망측한 냄새였을 것이다.

죽음이 다가오고 있는 사람의 구취는 다른 그 무엇과도 비교할 수 없이 이상한 것이어서 흔히 죽은 사람 냄새라면서 두려워하고 꺼리는 것인데, 하물며 죽고 나서 며칠이나 지난 이의 입을 빤다는 건 아무리 애착이 갔더라도 참기 어려운 일이다. 그러나 사다모토는 그것을 하였으니 과연 쾌남아였다. 사랑도 어리석음도 이 정도에 다다르면 갈 데까지 간 것이었다. 그때 그 다 썩어가던 망자가 "반가워요, 사다모토 님" 하면서 이쑤시개처럼 가늘고 차가운 손으로 남자의 목을 돌돌 감아서 매달려 들었다면 어땠을지 모르겠지만 이치의 수레바퀴가 거꾸로 도는 일은 없었으니 사다모토

129 『우지습유 이야기(宇治拾遺物語)』「卷第四-三河入道遁世の間の事」"悲しさのあまりに、とかくもせで、夜も昼も、語らひふして、口を吸ひたりけるに、あさましき香の、口より出できたりけるにぞ、うとむ心出できて、なくなく葬りてける."

는 망측한 그 향에 두려워 떨면서 뒤로 물러나고 말았다.

인간이라는 것은 이상한 것이어서 인연도 연고도 없는 먼 바다의 가다랑어나 참치의 사체도 핥고 맛보고 씹고 삼키니 좋아하는 여자의 입을 빠는 것이야 너무나도 당연하다면 당연해야 하는 건데, 이건 그렇게는 못 하는 것이다. 다길니[130] 같은 귀신이라면 이건 성찬이라며 사체를 먹기도 하겠지만 다길니가 아니었던 사다모토는 인간이었기에 뒤로 물러나 버린 것이었다. 이 모습을 스님인 고칸(虎關)은 "배필을 잃음에 사랑이 두터운 고로 장례를 늦추었으나 시체가 썩어가는 아홉 단계를 봄으로써 깊이 생을 싫어해 떠나게 되었다"[131]라고 적었는데, 그것은 문장을 꾸밈이 과해 사실과는 멀다. 아홉 단계란 죽은 자의 변화 과정을 설명한 것으로 부풀어 오르는 모습, 시퍼레지는 모습, 흐트러지는 모습, 피칠되는 모습, 썩어 문드러지는 모습, 구더기 먹는 모습, 흩어지는 모습, 해골만 남는 모습, 흙이 되는 모습을 말하는 것인데 일부러 아무리 상을 늦췄다고 해도 그 아홉 단

---

130 다길니(茶吉尼, 범어 ḍākinī): 불교에서 누군가의 죽음을 미리 알고 죽을 때까지는 그 사람을 수호하고, 죽고 나면 그의 심장을 먹는다는 여신이다.
131 "曾失配 以愛厚緩喪 因觀九相 深生厭離."

계[132]를 볼 때까지 오래 장사를 지내지 않고 있었던 것은 아니다. 다이나곤(大納言)[133]의 '입을 빨았는데' 쪽이 훨씬 좋은 문장이다.

그렇게 사다모토는 리키주의 장사를 치러 버렸다. 장(葬)이라는 글자는 시체를 위도 풀 아래도 풀인 풀숲 속에 내다 버리는 것으로 호오무루(ほうむる: 장사지낸다)라는 일본말은 호오리 하나쓰(抛り放つ), 즉 던져서 떠나보낸다는 것으로 들이나 산에 내다 던져버리는 것이다. 어떻게도 할 수 없는 사람의 마지막은 그렇게 하는 것이 자연스러운 것이다. 생상련 사상연(生相憐 死相捐: 삶은 서로 아끼고 죽음은 서로 버린다), 그렇게 하는 것이다. 리키주와 사다모토는 마침내 죽어서 서로 버린 것이다.

리키주에게 버림을 당하고 리키주를 버린 후의 사다모토는 어떻게 되었을까. 어떻게고 뭐고, 이렇게도 없고 저렇게

---

132 아홉 단계: 팽창상(膨脹相), 청어상(靑瘀相), 괴상(壞相), 혈도상(血塗相), 농란상(膿爛相), 충담상(虫噉相), 산상(散相), 골상(骨相), 토상(土相)이다.

133 다이나곤(大納言): 우지 다이나곤(宇治大納言)이던 미나모토노 다카쿠니(源隆國, 1004~1077)를 말한다. 『우지습유 이야기』는 다카쿠니가 편찬했다는 설화집 『우지다이나곤 이야기(宇治大納言物語)』(현존하지 않음)에서 누락된 이야기를 주워 모았다는 의미의 작품명이다.

도 없다. 그저 거기에는 공허가 있을 뿐이었다. 사다모토는 그 공허 속에서 머리는 하늘을 이는 것도 아니고 다리는 땅을 밟는 것도 아니고 동서도 모르고 남북도 모르고 시비선악 길흉정사(是非善惡吉凶正邪) 아무것도 모르고 비틀거리며 세월을 보냈다.

25

그러는 사이에 사월이 와서 매년 하는 연례행사로 바람제(風祭り)라는 것을 하는 시기가 되었다. 바람제라고는 하지만, 『만요슈(万葉集)』[134]의 노래처럼 꽃 피었는데 태풍이 부는 것을 걱정하며 "꽃 지게 하는 바람아 불지 마라, 이 산 너머의 유명한 신사에서 바람 축제 열어라"[135]라는 그런 풍류가 있는 바람 축제는 아니다. 미카와에서 당시에 하던 시골의 신도 의식으로 산 제물을 신에게 바치고 폭풍 악풍(惡風)

134 『만요슈(万葉集)』: 나라(奈良, 710~794) 시대 말기에 만들어진 일본에 현존하는 가장 오래된 와카집(和歌集)으로 4,500수 이상의 노래가 들어있다.
135 "山下の風な吹きそと打越えて名に負へる社に風祭りせな."

이 전답의 곡식을 황폐하게 하지 않도록 기도하는 것이었다. 취지는 본래부터 나쁜 것은 아니다. 의식은 매년 해오던 것이었다. 사다모토는 미카와의 수령이다. 의식에는 물론 관여를 한다. 다만 그 산 제물을 바친다는 것은 멧돼지를 산 채로 신전에 강제로 올려놓고 사내들이 사정없이 해체하는 것이었다. 멧돼지가 아무리 둔하더라도 죽는 것을 승낙하고 참을 리는 없으니까 도망치려고도 하고 저항도 한다. 마침내 대적할 수 없으니 이상한 소리를 꽥꽥 지르면서 슬퍼하고 괴로워하다가 죽어버리는 것이었다. 사다모토는 이것을 보고 싫다는 생각이 들었다. 하지만 그걸 도중에 그만둘 수는 없으니까 혼자서 참고 그대로 진행해버렸다.

산 제물이라는 것은 언제부터 시작되었는지 모르겠으나 일본의 경우 청정한 옛날 신대(神代)에는 없었던 것 같다. 중국에서는 옛날부터 있었던 것 같은데 희생하는 관념은 중국의 사상이나 문물이 일본에 유입되면서 함께 전해진 게 아닐까 싶다. 이미 『곤자쿠 이야기』에는 사람을 제물로 바치는 이야기가 실려있어서 아득한 훗날 미야모토 사몬노스케(宮本左門之助)[136]가 펼친 무용담 등의 원조가 되고 있다. 사회 조직이 발달하는 과정에 산 제물을 시인해야 할 추세가 있긴 하겠지만, 주춤주춤하는 가축의 걸음걸이 같은 걸 보면, 인간의 선량한 쪽 감정으로 볼 때, 비록 신에게 바친다고는 하지만 아무래도 좋은 일인지 좋지 않은 일인지 의심스러울 수밖에 없는 일이다. 다시 말해 희생이라는 것을 허락하는 사회적 선이라는 것이 과연 선한 것인지 어떤지도 의심스러운 것이다. 그러나 호걸주의(豪傑主義)로 말하면 당연한 것으로, 신에게 바치는 희생 같은 것은 논할 거리도 못 되며 그런 것을 부인하거나 해서는 국가 조직이 해체되니까 바위굴에 들어가서 고독 생활이라도 하는 자가 아닌 이상 희생이라는 것을 의심해서는 안 되는 게 인간세계의 실상이다.

아무튼, 그러고서 조금 후의 일이었다. 지금까지는 수렵 등도 즐기던 일이니까 사다모토에게 살아있는 꿩을 바친 자가 있었다. 사다모토는 "이 꿩을 산 채로 회를 떠서 먹자, 맛이 좋아, 그렇게 해보자"라고 말을 꺼냈다. 하인 중 마음이 거친 자는 주인을 신처럼 생각해서 "맞습니다, 그러면 한층 맛이 좋아진다고 합니다"라고 말했다. 마음이 고운 자는 좀 가혹하다고는 생각했으나 간언하여 말리는 데까지는 이르

〰〰〰〰
136 미야모토 사몬노스케(宮本左門之助): 에도(1603~1868)시대의 가부키(歌舞伎)나 조루리(淨瑠璃)에서 연기된 무용담(武勇伝)의 주인공이다.

지 못했다. 이윽고 쥐어뜯기 시작하자 꿩이 푸드득거렸으나 그걸 잡아 누르고 계속 쥐어뜯었다. 새는 견딜 수 없으니까 눈물 맺힌 눈을 깜박거리면서 주변 사람들을 본다. 눈이 마주치면 참으로 딱해서 볼 수가 없어 자리를 뜨는 자도 있었지만 "울고 있네" 하며 도리어 흥겨워 웃으면서 계속 쥐어뜯는 센 자도 있었다.

깃털을 다 뽑고 나서 회를 뜨니까 칼자국을 따라 피가 방울방울 올라오면서 참기 힘든 단말마의 소리를 내지르고는 죽어버렸다. "불에 볶아서 먹어 보자"라고 말하자 매정한 하인 놈은 그 말 그대로 해보고는 "이건 뜻밖에 맛이 좋네요, 생고기를 볶은 게 죽은 것을 볶은 것보다 훨씬 나아요" 어쩌고 하고 말했다. 모두 다 이 세상의 호걸들이다. 사다모토는 유심히 보고 있었는데 마침내 참지 못하고 소리를 내서 울기 시작하여 자기의 호걸성을 부인해 버렸다. 미카와 수령이고 뭐고 다 필요 없다며 의상을 갖춰 입을 틈도 없이 황급히 중천의 낙엽이 그저 바람에 날리듯 관아를 뒤로하고 교토로 돌아와 버렸다. 물론 관직 품계는 모두 내던졌다. 의아해하는 자도 만류하는 자도 있었음이 틀림없다. 일족과 지인들 중에는 비난하는 자도 있었음이 틀림없다. 그렇지만 이제 엉망진창 막무가내 아무 상관도 하지 않고 비사회적인 일개의 그저 살아있는 생물이 되어버렸다.

희생물을 바치는 것을 옳은 일이라 하고 희생물을 바치는 것을 게을리하는 것은 신에 대한 심한 비례(非禮)이고, 부도(不道)이고, 대악(大惡)으로 친다. 희생을 요구하는 것은 신의 권위이고 고덕이고 모든 것에 은덕을 미치는 지고지선한 신의 자연법칙이고 때로는 스스로 자진해서 신의 희생물이 되어 자기의 온몸을 신에게 바치는 것을 최고최대 가장 아름답고 가장 장렬한 위대한 정신의 발로로서 감수하는 것을 순수한 도덕이라고 한다. 따라서 그렇게 해서 신과 일치되는 경지에 다다른다는 그런 것으로 사회는 굳건히 성립되어 있는 것이다. 진정 그렇지 않고서는 견고한 사회는 성립이 안 될 것이다. 희생의 누적과 연속으로 사회라는 것이 성립되는 것이다. 희생을 부인하는 일 따위는 가장 낮고 작고 열등한 정신이다. 강하게 솜씨 있게 희생을 요구하는 것이 호걸 내지 현자인 것이다.

희생을 감수하지 않으면 붕어 한 마리 달걀 하나도 먹을 수 없다. 맛있게 맛보기 위해 꿩 한두 마리를 산채로 회 뜨는 것쯤 뭐가 문제겠는가. 바람의 신에게 바칠 멧돼지 한두 마리의 산 제물이 뭐가 문제겠는가. 춘추시대 제나라의 역아(易牙)[137]는 자기 자식을 불에 구워서 주군에게 바쳤다고 한다. 그 중간에 있는 희생제물 취급자는 도대체 어떤 자인가. 비겁자인가 호걸인가. 이미 희생의 누적과 연속으로 사회가 성립된 이상은 엄청난 숫자의 희생 취급인이 있어야만 하는데, 아니, 모든 인간이 대개 서로 희생을 하고 희생을 얻고 희생 취급인을 하는 것이 이 인간세계의 실상인 것이다. 인간끼리 기꺼이 서로 희생하는 것이 사랑이고, 희생을 서로 강요하는 것이 투쟁이고, 그렇지 않더라도 희생의 자·타 중간의 갖가지 모습이 곧 이 사바세계의 실상이다.

'나는 이제 환상에 지나지 않았던 사랑의 세계를 잃고 사바 즉 인고의 세계의 인간이 된 것뿐이다. 그 사바세계에 있으면서 두 번 다시는 환상의 세계를 좇아서 늦든 빠르든 다시는 망측한 물체의 향을 접하려고는 생각지 않겠다'라며, 종잡을 수도 없이 뭔가를 생각하는 것도 아니고 생각하지 않는 것도 아니고, 오월의 장맛비가 부슬부슬 내리는 무렵

---

137 역아(易牙): 중국 춘추시대 제나라(齊)의 제16대(BC 685~BC 643) 군주인 환공(桓公)의 요리사로, 수조(豎刁), 개방(開方)과 함께 환공을 굶어 죽게 한 간신 3인방의 한 명이다.

에 뭔가 알 수 없는 시간을 보냈다. 이미 그런 경계를 통과한 자 쪽에서 말한다면 소위 고뇌로 혼미해진 지옥과 같은 세속의 삶을 영위하고 있던 것이었다.

26

바로 그때 하인이 갑자기 나타나서 손에 뭔가 알 수 없는 얄팍한 상자 같은 것을 받들고 왔다. "뭐냐"고 묻자 늙은 그 사내의 대답은 지극히 차분했다. "생긴 모습이 천하지 않은 여인이 언행도 상당히 적절하여 좋은데 가난과 걱정으로 몹시나 야위어 보입니다. 그 사람이 모쪼록 이 거울을 합당한 가격으로 사주시길 부탁드린다면서 가져와 정중하게 신신당부하길래 차마 강하게는 거절하지 못하고 필요 없을 거라고는 알고 있었지만 이렇게 살펴나 보시라 가져와 봤습니다"라고 말한다. 거울이 지금의 사다모토에게 무슨 소용이 있겠는가. 그러나 사다모토가 무슨 일이냐고 물어보자 어쨌든 5품 6품 정도인 사람의 부인일 텐데 남편이 오랜 병을 앓은 끝인지 혹은 무슨 사정이 생긴 끝인지 심하게 궁금

해져서 어떻게 할 수도 없게 되어 자기의 유일한 보물인 거울을 희생물로 팔아서 위급함을 견디려고 하는 것 같다고 한다. 거울은 당시 여전히 꽤 귀한 물건이던 것이다. 사다모토가 그 상자를 펼쳐서 거울을 보려고 하자 그 낡은 포장지에 흔적도 희미한 붓글씨로 "오늘 마지막 거울 볼 생각하니 눈물 나네요, 평소 보던 내 모습 남에게 말 마시오"[138]라고 적혀 있었다. 무슨 사정을 알게 된 것은 아니지만 여자의 혼백으로 치는 거울을 팔려는 처지가 된 여자의 심정이나 그 사정이 생생하게 마음속에 떠올라서 사다모토는 처연히 눈을 감고 얼굴을 치켜들었는데 참을 수 없이 가련한 생각이 들었다.

그래서 "거울은 나에게 필요 없으니 되돌려 주어라. 필시 이것저것 필요한 것들이 있을 테니 내 것은 무엇이든 아낌없이 그 사람에게 내어주어라, 세심히 동정을 베풀어라"라고 분부하고 흐르는 눈물을 눌러 닦았다. 이 거울을 팔러 온 여자가 어떠한 사람이었는지, 사다모토와는 어떤 인연

138 『곤자쿠 이야기집』 제24권의 48화, 『고금저문집(古今著聞集)』 제5권의 「오에노 사다모토의 출가」의 "今日のみと見るになみだのます鏡なれにし影を人にかたるな."

132

이 있던 사람인지, 옛 에도시대 분카 분세이(文化文政)[139] 연간의 소설이라면 뭔가 연유를 덧붙일 것 같은 사태이지만 그건 아무것도 분명한 게 없다. 아마도 우연히 이런 일이 생겨난 것이리라. 구태여 사리를 따지자면 인간이 때 묻은 속세를 떠나려고 할 때는 신기하게도 우러러 지혜 수행을 구하는 인연이 될만한 일이 나타나는데 그건 천신인 정거천(淨居天)[140]이 부리는 수라는 소승불교의 이야기가 있다. 만약 그 이야기에 따른다면 천신이 사다모토를 부르러 와 준 것이리라.

사다모토는 그 부인의 궁핍함을 구하기 위해 자기의 여러 재물을 갖게 해주고 나서 희한하게도 산뜻한 좋은 기분이 들었다. 그리고 드디어 결국 자기 집을 버리고 떠났다. 물론 사다모토의 모친은 은애의 눈물을 흘렸겠으나 이것을 막아서려고 하는 그런 사람은 아니고 오히려 그 등 뒤에서

---

139 분카 분세이(文化文政): 에도 후기(1804~1830)로, 에도를 중심으로 발전한 향락적 색채가 짙은 서민문학의 전성기이다.

140 정거천(淨居天): 불교의 수호신으로, 욕망이 없는 세계의 최상위에 있는 색구경천(色究竟天: 18범천(梵天) 중에서 가장 좋은 곳)·선견천(善見天: 불법이 보이는 곳)·선현천(善現天: 불법이 나타나는 곳)·무열천(無熱天: 괴로움이 없는 곳)·무번천(無煩天: 번뇌가 없는 곳)의 신을 말한다.

합장했을 것이다. '은애를 버리고 무위에 듦이 참된 보은이로다[141]'라는 게송은 사다모토의 마음속에서도 끊임없이 읊어졌겠지만 사다모토의 모친에게서도 은애의 눈물과 함께 귀의에 대한 고마움의 눈물로 읊어졌을 것이다.

사다모토는 히가시야마(東山)의 절 뇨이린지(如意輪寺)로 달려갔다. 그곳에는 저 다이나이키(大內記) 가모노 야스타네(慶滋保胤)였던 자쿠신상인(寂心上人)이 있었다. 사다모토는 자쿠신 앞에 단정히 앉아 자신의 밑바닥을 모조리 드러내 보이며 자쿠신에게 밝게 살펴주십사 우러러 부탁했다. 자쿠신은 속진을 털고 출가하여 겨우 이삼 년이었으나 지금은 이미 흙탕물이 완전히 빠져서 충만하고 고요하고 맑고 밝은 상태, 원래부터 속세의 이어진 끈도 없었고 부처의 금칠 같은 겉치레도 없어져 그저 평등 자비의 삼매경에서 살고 있었다. 두 사람의 담화가 어떤 것이었을지, 있었는지 없었는지 그것도 알 수 없다. 그러나 다만 인연이 부합하여 스승으로 우러르고 제자로 받아들여 사다모토는 드디어 삭발하고 수계를 받아 자쿠쇼(寂照)라고 하는 사미승이 된 것이다. 때

---

141 "棄恩入無爲 眞實報恩者."

는 에이엔(永延) 2년(988), 나이는 아직 서른이나 서른하나 정도였다. 용케도 과감한 결심을 한 것이었다.

27

자쿠쇼는 입도하고 나서 그저 오로지 도심을 갖고 수행에 힘써 불법을 해석하는 것 외에는 여념도 없이 맑고 고요한 생활을 했다. 나날이 눈앞이 환하게 열려서 대천세계(大千世界)를 보는 것이 점점 손바닥 위의 과실을 보듯이 되어 미래가 시시각각으로 또렷하게 전개되기에 이르렀고, 억만의 길들도 다 그저 이치조(一條) 대로[142]의 매끈한 숫돌 길처럼 평탄하게 통하리라 믿게 되기도 했을 것이다. 불법의 연수는 자쿠신이 가르치고 이끌 뿐만이 아니라 자쿠신의 친구이자 스승인 에신(惠心)의 지시도 받아서 명민하고 예리한 자질이 이끄는 대로 치밀하고 열성적인 것이기도 했을 것이다.

에신은 본래부터 치밀 엄밀 소상한 학풍을 가진 사람이었

---

142 이치조(一條) 대로: 교토의 궁궐로 통하는 큰길이다.

기에 자쿠쇼는 이 사람을 따르면서 크게 배움을 얻었을 것이다. 그래서 자쿠쇼를 에신의 제자처럼 전하는 말도 생겨난 것이리라. 게다가 에신은 또 두타행(頭陀行)을 엄수하였기에 당시 엔유인(円融院)의 중궁 준시(遵子)[143] 마마가 새로이 금으로 된 용기들을 만드셔서 공양하시자 "이래서는 도리어 너무 지나치다"고 말하면서 에신은 걸식을 계속했다[144]고 하는 소문조차 『오오카가미(大鏡)』에 남아서 전해지고 있을 정도이다.

'두타행'이라는 것은 불제자인 자가 법대로 행해야 할 열두 가지의 행위를 말하는 것으로, 특별히 걸식을 하는 것만이 유일한 것은 아닌데, 의(衣) 두 가지, 식(食) 네 가지, 주(住)

---

143 엔유인(円融院)의 중궁 준시(遵子): 제64대(969~984) 엔유 천황(959~991)의 중궁인 후지와라노 준시(藤原遵子, 957~1017)는 978년에 뇨고(女御)로 입궐하여 982년에 중궁(中宮)으로 책봉되었으며 990년에는 황후궁(皇后宮)이 되었다. 997년에 출가하여, 1000년에는 황태후, 1012년에는 태황태후가 되었으며, 1017년에 61세로 사망하였다.

144 「엔유인 뇨고 준시의 불도 공양과 에신승도(円融院女御遵子の仏道供養と惠心僧都)」로, 헤이안 말기에 만들어진 기전체의 역사 이야기 『오오카가미(大鏡)』에 남아 있다. '오오카가미'란 '역사를 명확하게 비추는 거울'이라는 의미로, 850년부터 1025년에 이르는 일본 궁중의 역사를 후지와라노 미치나가(藤原道長)의 영화를 중심으로 180세와 190세의 노인의 대화형식으로 쓴 것이다.

여섯 가지, 총 열두 가지의 법식(法式) 중에 세 번째인 상걸식(常乞食-늘 걸식한다)이라는 법이 자연히 열두 행위의 중추인 느낌을 주게 되어서, 두타행을 한다고 하면 곧 걸식을 한다고 하는 것처럼 되어있다. 본래는 이 우아하지도 원만하지도 청정하지도 않은 사바세계를 씻어내고자 하는 것이 두타행으로, 그러기 위해서 불자가 되어 불법에 귀의하고, 자기는 더럽고 색도 무늬도 알 수 없는 누더기를 입는 것으로 만족하고, 욕심부려 얻는 수단 즉 직업 산업에서 얻는 것이 아닌 음식을 먹는 것으로 만족하고, 남을 밀어내고 자기를 보호하는 주택이 아닌 곳에서도 몸을 편안히 하고, 그리고 일념으로 그저 청정한 깨달음의 지혜를 얻기 위한 수행에 귀의하는 것으로 끝나고자 하는 것이 두타행이다. 그 두타행 중에서 '상걸식'은 첫째, 인연 소생으로 생겨난 자기의 몸을 해탈에 이르게 하기까지의 경과를 실천하는 것이다. 둘째, 나에게 음식을 베푸는 자가 불(佛)·법(法)·승(僧)의 삼보(三寶)로 귀의하게 하는 것. 셋째, 나에게 음식을 베푸는 자가 자비심이 생기게 하는 것. 넷째, 나에게서 내 마음을 없애고 부처의 가르침에 순응하는 것. 다섯째, 심신의 충족과 보양을 쉽고 편하게 하는 것. 여섯째, 모든 악의 근간인 교만을 깨는 것. 일곱째, 가장 낮은 법을 행함으로써 가장 높은 수준의 감득을 이루는 것. 여덟째, 다른 선근을 수행하는 자를 본받는 것. 아홉째, 남녀노소 모든 인연을 떠나는 것. 열째, 빈부귀천 구별 없이 모든 집을 차례로 다니며 걸식하여 중생 속에서 평등 무차별의 마음이 생기는 것이다. 이러하기에 너무나 정중한 공양을 받았을 때 에신이 그 찬란한 요리상에 대해서 "이래서는 너무나 보기 흉하다"라고 말한 것도 무리가 없는 것으로 반짝반짝 번쩍번쩍한 것을 '보기 흉하다'라고 한 것은 과연 에신이었다. 그 에신의 제자뻘인 자쿠쇼이다.

28

이 사람은 미카와 수령이던 어제와는 반대로 오늘은 볼품 없이 초라한 풋내기 스님이다. 차제걸식(次第乞食)은 아주 괴롭다고는 할 수 없겠지만 제법 힘든 일이기는 했을 것이다. 차제걸식이란 좋은 집도 가난한 집도 고르지 않고 사발을 들고 차례대로 그 문 앞에 서서 음식을 구걸하는 것이다.

어느 날의 일이다. 자쿠쇼는 스승인 에신처럼 두타행을 했다. 일발삼의(一鉢三衣)[145]로 찬찬히 집집마다 앞에 서서 음식을 구걸한 것이다. 그러자 어느 한 집에서 불러주었다. 들어가 보니 음식을 보기 좋게 담아서 뜰에 다다미[146]를 깔고 공양하려고 했다. 아무런 생각 없이 그 다다미에 앉아서 합장하고 먹으려고 했다. 그때 그쪽을 향해 내려져 있던 발(簾)을 감아올리기에 그쪽을 보니 좋은 옷차림을 한 여자의 모습이 차츰 나타났다. 발을 끝까지 걷어 올렸다. 누구에게 말한 건지 그 여자가 "저 거렁뱅이, 이렇게 될 날을 꼭 보겠다고 생각했었지"라고 말했다. 자쿠쇼는 그 여자를 보았다. 그 여자도 자쿠쇼를 보았다. 눈과 눈이 정확히 서로 마주쳤다. 그 여자는 틀림없이 자쿠쇼가 미카와 수령 사다모토였을 때 쫓아낸 바로 그 전처였다. 여자의 눈 속에는 헤아릴 수 없는 무언가가 있었다. 원한의 독기 같은 것도 있었다.

---

145 일발삼의(一鉢三衣): 불교에서 수행승이 사유할 수 있는 6종류(3종류의 옷. 사발, 깔개, 벌레 등을 죽이지 않기 위해 물을 거르는 주머니)의 생활 용구 중에서, 대의(大衣)·상의(上衣)·중의(中衣)의 삼의(三衣)와 사발의 4개이다.

146 다다미(疊): 짚으로 엮어 방에 까는 두툼한 일본식 방바닥 깔개로, 1장이 90센티미터×180센티미터 정도의 크기이다. 6조(疊), 8조 등 이 다다미의 장수로 방의 크기를 말하기도 한다.

승리를 뽐내는 듯한 것도 있었다. 어떤 차가움도 있었다. 심한 경멸도 있었다. 경멸하고 매도한 후의 가련함 같은 것도 있었다. 여전히 자기의 불행에 가라앉아 있는 고통을 다시 맛보는 듯한 것도 있었다. 또 그 반대로 어디까지나 남을 비웃고 들볶을 듯한 마치 얼음으로 만든 날카로운 칼날 같은 것도 있어서 그것이 사다모토의 신체의 온갖 곳을 깊이깊이 헤집고 다니려고 했다. 다 까놓고 말하자면 이렇기도 하지만 그것이 하나씩 따로따로 존재하는 것은 아니고 모두가 모두 하나로 합쳐져서 청황적백(靑黃赤白), 무슨 빛깔이랄 것도 없는 독기 서린 불길로 내뿜어져 나와 엄습하는 것이었다. 그리고 그 여자는 아주아주 천천히 비식이 웃었다. 그것은 웃음이라고 할 수 있는 거였는지 뭐였는지 모르겠다. 그 어떠한 그림에도 조각에도 없는 야릇하고 처참한 것이었다.

사다모토가 사다모토였다면 돌 하나가 연못물에 던져진 것이니까 잔물결이 여기에 안 생길 수가 없었을 것이다. 그러나 자쿠쇼는 자쿠쇼였다. 이를테면 새의 그림자가 연못 위에 떨어진 것뿐이니까 흰 수초도 푸른 부들도 전혀 움직이지 않았다. 지금은 육바라밀(六波羅密)[147]의 얇은 옷으로 몸을 지키면서도 바람이 쏘는 화살도 뚫지 못하는 경지에 있는 터였다. 인욕 바라밀, 선 바라밀, 반야 바라밀의 자연적 움직임은 다가오는 마의 불꽃도 독화살도 쉽게 차단하고 제거했다. 자쿠쇼는 그저 평온하게 합장했다. 제불 보살이 허공에 충만해 계시면서 이쪽을 굽어보고 계신 데 대해 그 은덕을 받들고 감사하는 생각만이 솟아오를 따름이었다. 나에게 힘껏 불어오는 화염의 큰 열기는 그만큼 그녀의 몸을 떠나가 그녀에게 청량함을 남겨주게 되었다. 내 몸에 쏘아 보낸 날카로운 화살의 독은 그만큼 그녀의 품을 떠나가 그녀의 마음속을 청정하게 해주었다. 나를 베고 찌르고 도려내려고 했던 모든 흉악한 창칼들은 나에게 닿으려고 할 찰나에 그 날 끝이 모두 연꽃의 꽃봉오리가 되어 땅에 떨어지는 것을 보았다. 보시한 음식은 그가 나에게 줌으로써 그의 단 바라밀(檀波羅密: 보시 바라밀)을 성취하고, 내가 그에게 받아서 보답

---

147 육바라밀(六波羅密): 불교의 깨달음의 경지에 이르기 위한 보시(布施)·지계(持戒)·인욕(忍辱)·정진(精進)·선정(禪定)·반야(般若)의 여섯 가지 수행 덕목을 말한다. 앞의 다섯 바라밀은 마지막 반야 바라밀을 성취하기 위한 단계이며 동시에 반야 바라밀을 희구함으로써 성취된다. 보시는 베푸는 것이고, 지계는 계율을 지키는 것이며, 인욕은 참고 견디는 것이고, 정진은 노력하는 것이고, 선정은 마음을 집중하여 안정시키는 것이고, 반야는 깨달음을 얻는 지혜(智慧)를 말한다.

함에 법을 베푸는 것으로써 하였기에 나의 단 바라밀을 성취하여 즉시로 과보를 얻는 묘용(妙用)이 나타나는 것을 보았다.

자쿠쇼는 "아아, 훌륭하다"라고 말하며 깔끔하게 음식을 비우고 자타 평등이익의 게송을 읊고는 조용히 그곳을 떠났다. 지계 바라밀, 정진 바라밀, 자쿠쇼는 점점 더 불도에 힘쓸 뿐이었다. 그녀는 그 후 어떻게 되었는지 전해지지 않지만, 필시 당시의 식자 계층 여식이었으니 아마도 불교의 인연에 이끌리어 제도를 받기라도 했을 것이다.

자쿠쇼는 자쿠신과 에신 사이에 끼이고 또 다른 고승에게도 찾아가 배워 학덕은 날로 진척되었고 뭇 승려들이 우러러보며 의지하게 되어 얼마 지나지도 않아 승도(僧都)가 되었다. 승도라든가 승정(僧正)이라든가 하는 것은 속계에서 교계를 정리하는 편의상 생긴 것으로 본래는 명예도 아니고 있을 리도 없는 것인데, 자쿠쇼가 승도가 된 것은 『아카조메집(赤染集)』에 보인다.

29

　한편 자쿠신(寂心)은 승관(僧官: 승려의 관직) 같은 것은 받지 않은 것 같은데 한 시대의 숭앙을 받은 것은 물론이고, 재상 후지와라노 미치나가(藤原道長)도 자쿠신에게 수계의 스승이 되어달라 부탁하기도 했다. 미치나가는 나중에 천하를 거의 자기 마음대로 한 것 같다는 소리를 듣기도 했는데 간닌(寬仁) 2년(1018)의 겨울에는 자기만족으로 기쁜 나머지 "이 세상 온통 내 세상인 것 같네, 둥근 보름달 환히 밝아 이운 곳 하나 없는 걸 보니"[148]라고 참으로 껄렁한 노래를 읊고 혼자 우쭐대기도 했던 인물이다. 뭐 미치나가가 자쿠신에게 삼귀 오계(三歸五戒)[149]를 받았다고 해서 자쿠신에게 무게를 두는 것은 아니고, 그 공적이 대단하고 콧대가 높았던 미도 간파쿠(御堂關白: 재상)가 이 비쩍 마르고 얌전한 자쿠신을 수계의 스승으로 삼아 자기는 백의의 제자로서 조신하게 그 앞에

---

148 "此世をば吾が世とぞおもふ望月のかけたることも無しとおもへば"

149 삼귀오계(三歸五戒): 삼귀란 불·법·승의 삼보에 귀의하는 것이고, 오계 는 살생·투도(偸盜)·사음(邪淫)·망어(妄語)·음주를 금하는 것으로 신자 들이 지켜야 할 다섯 가지 금계를 말한다.

앉았다고 생각하니 우스운 생각이 든다.

　자쿠신은 조호(長保) 4년(1002)의 10월에 잠자듯이 이 세상을 떠났는데 그 사십구일을 맞이해서는 재상 미치나가가 보시했고 그 명복을 비는 풍송문(諷誦文)을 사다모토의 사촌이자 에몬의 남편 오에노 마사히라가 지었다. 그리고 그 사십구제의 초청장은 제자 자쿠쇼가 썼다. 그것은 지금도 남아 있는데 마사히라의 글에 있는 날짜는 조호 4년 12월 9일이다. 그러고 보니 『속 왕생전』에는 자쿠신의 왕생이 조토쿠(長德) 3년(997)이라고 되어있으니까 5년 정도의 차이가 있다. 『속 왕생전』은 마사히라의 손자인 시게히라(成衡)의 자식 마사후사(匡房)의 편찬이니까 이것도 믿어야겠지만, 어째서 그런 차이가 생긴 것일까. 세상 밖 출가한 노인의 죽음이니까 5년이나 그 정도는 어느 쪽이 진실이라도 지장은 없겠으나, 생각건대 쓰고 베끼고 전해지고 하는 사이에 생긴 어느 쪽인가의 실수일 뿐이리라. 조토쿠 쪽이 옳을지도 모르겠다. 조호 4년 겨울에는 자쿠쇼가 일본에 없었다고 생각되니까.

　조토쿠라도 조호라도 좋다. 자쿠신은 편안히 죽은 것이다. 물론 속계의 수완 있는 사업가는 아니었으니 대단한 사적(事跡)은 남기지 않았다. 문필의 업적도 관직에 있을 때 에이간

(永觀) 원년(983)의 개원(改元) 칙서, 동 2년, 상소를 올리는 조서의 초고를 쓴 것을 시작으로 이십 편 정도의 문서, 『왕생극락기』 등을 남긴 것에 불과한 채로 끝났지만, 당시 사람들의 정신세계에 던진 이 사람의 그림자는 사다모토를 변화시킨 저 사건만 보더라도 명백하다.

그래서 이 사람의 왕생에 대해서도 재미있게 전해지는 말이 남아있다. 보통 신심이 깊은 불도(佛徒)나 거사(居士)의 마지막에는 '성중래영 자운음악(聖衆來迎, 紫雲音樂: 성인이나 중생이나 다 나와서 맞이하고 상서로운 자줏빛 구름과 음악이 울려 퍼진다)', 그렇게 경사스럽게 대 왕생한다고 하는 것이 통상이다. 그래서 서방 도솔천(兜率天)[150]인지 어딘지 모르는 먼 곳에 옮겨간 것으로 끝난다는 것이 정해져 있는 건데, 자쿠신에 대해서 기록한 것은 그걸로 끝나지 않았다. 히가시야마 뇨이린지(東山如意輪寺)에서 무엇하나 흠잡을 데 없는 모범적인 모습으로 떠난 다음 어떤 사람이 꿈을 꾸었다. 자쿠신상인은 중생에게 이익을 주기 위해 정토에서 돌아와 다시 이 사바세계에

---

150 도솔천(兜率天): 천상의 정토를 가리키는 불교의 이상세계로 지족천(知足天)이라고도 한다. 미륵보살이 머무는 내원과 천인들이 즐거움을 누리는 외원으로 구성된 아름다운 궁전이 있다.

있다는 것이었다. 이런 것이 분명히 『자쿠신상인전(寂心上人伝)』에 기록되어 있는 것이다. 누구인지도 알 수 없는 사람이 언제의 꿈인지도 모르는 꿈 따위를 사후의 소식으로 굳이 써 놓는 것은 희한한 일이다. 그러나 그 꿈이라는 게, 꿈속에 자쿠신상인이 나타나서 말한 것을 자기가 그렇게 들었다는 것인지, 그 사람이 그런 상인으로 다시 태어난 사람 혹은 신선의 그림자 같은 것을 만났다는 것인지, 뭔가 알 수 없이 몽롱하게 써놓았다.

도대체 이건 어찌 된 일일까. 어째서 그런 꿈을 꾼 것일까. 옛날 여동빈(呂洞賓)[151]이라는 신선은 선도(仙道)를 성취해도 승천한 것으로 끝나지 않고 언제까지나 이 세상에 현신유희(化現遊戱)하며 속세의 남녀 귀천을 교화했다고 하면서 당대(唐)에서 송대(宋)에 걸쳐서 방방곡곡 여기저기에 시가라든가 사적 같은 것을 남기고 있다. 송나라 사람들 사이에서는 이 신앙이 보편적인 것으로 이미 소동파(蘇東坡)[152]의 글에

---

151 여동빈(呂洞賓, 796~?): 중국의 대표적인 8선(八仙) 중의 한 명으로, 민중들이 민간신앙의 대상으로 받들자 13세기에 원나라 무종(武宗)이 '순양연정경화부우제군(純陽演正警化孚佑帝君)'으로 봉하여 정식적인 신선이 되었고, 그 이후의 왕조에서도 신으로 공인되었다.

서조차 사용되고 있고 지금도 도를 닦아서 부르면 나온다고 생각되고 있다.

일본에서도 고보대사(弘法大師)[153]는 지금도 존재해서, 꼭 순례하는 행자랄 수도 없는 흔한 대사 참배를 하는 정도의 평범한 세간 사람들 사이에도 때에 따라서는 나타나 '발고여락 전미개오(拔苦与樂 轉迷開悟: 괴로움을 없애고 즐거움을 주며, 미혹을 다스려 깨달음을 연다)'의 가르침을 내려주신다고 하는 민간신앙이 있다. 아니 그런 것을 말할 것도 없이, 석가에게조차도 '사바왕래 팔천번(娑婆往來八千返: 아득한 과거에 이미 성불한 부처가 현세의 석가가 되기까지 팔천 번이나 이 세상에 나와 중생을 제도했다)' 이란 이야기가 있어서 『범망경(梵網経)』인지 뭔지에 명시되어 있다.

본래를 말하자면 아미타든 미륵이든 석가든 뭔가를 믿고

---

152 소동파(蘇東坡): 이름은 소식(蘇軾, 1037~1101)이다. 중국 북송의 정치가로 활약했으며 문호로서도 큰 업적을 남겼다. 서예·그림·음악 등의 예술가로도 알려져 있다.

153 고보대사(弘法大師): 구카이(空海, 774~835)로, 헤이안 초기의 승려이며 진언종의 개조이다. 804년부터 806년까지 당나라에서 진언밀교를 배워 왔다. 명필로도 알려져 제52대 사가(嵯峨) 천황(786~842), 헤이안 초기의 귀족인 다치바나노 하야나리(橘逸勢, 782?~842)와 함께 삼필(三筆)로 불린다.

중얼중얼 염불하고, 그리고 자기 혼자 극락세계로 가서 아이구 좋구나 하겠다는 것은 상당히 뻔뻔스러운 것으로, 세상의 속담에서 말하는 "뒷간에서 만두 먹는다"(뒤로 호박씨 깐다)는 식의 더럽고 치사한 짓이다. 증득묘과(証得妙果)의 경지에 들어가게 되면 이젠 자기가 그 좋은 것을 유연 무연(有緣無緣)의 타인에게도 베풀어주려고 하는 것이 자연스러운 일이다. 그러기에 보살이 되고 부처가 된 자는 교화에 힘쓰게 되는 것이 자연의 법칙으로 그것이 곧 보살이고 부처라는 것이다. 아미타의 사십팔원(四十八願), 관음의 삼십삼신(三十三身), 어떤 고생을 해도 어떤 몸으로 바뀌어도 세상 모두를 좋게 하고 싶다 구제하고 싶다 교화하고 싶다는 것이 곧 불보살이지, 연꽃 위에 편안히 앉아서 진기한 음식을 질리도록 먹으려고 하는 것은 불보살도 뭣도 절대로 아니다.

자쿠신은 젊을 때부터 자비심이 마소(牛馬)에게까지 이른 사람이다. 그 사람이 출가 입도(入道)하여 깨달음이 날로 깊어지니 정토는 옆집을 보는 것보다도 가깝다고 느끼기에 이르렀고, 마침내는 차안피안을 한 발짝으로 여기는 경지에 이른 것이다. 그래서 옛날에는 그토록 그리워했던 정토도 내 손에 들어오게 되었으니 정토에 가버린 것으로 끝나겠다는 생각이 아니라, 자연히 사바에 왕래해서라도 교화를 하겠다는 마음이 솟아올랐을 것은 의심할 여지가 없고, 언어의 끝에도 자연히 그 마음이 새어 나와 그렇게 해서 누군가의 꿈이나 세간의 소문에도 나온 것이리라.

그 야스타네일 때부터 자비가 짐승에까지 미친 자쿠신이 자기의 깨달음이 점점 더 깊어짐에 따라 어찌 세인이 온갖 괴로움 가득한 이승에서 헐떡거리며 괴로워하는 것을 곁눈으로만 보면서 지낼 수 있었겠는가. 더구나 야스타네였던 무렵에도 그 명안(明眼)으로는 이미 인정하고 그 문장에도 남긴 것처럼, 세간은 점점 괴로운 곳이 되어가고 한쪽에서는 문화의 꽃이 어지러이 피고 사치의 풍조가 만연했다. 그런 한편 인민의 생활은 막다르게 되고 에이소(永祚, 989~990)의 폭풍, 쇼랴쿠(正曆, 990~995)의 역병에다, 여러 지방에서 도적이 일어나고 했으니, 자쿠신의 고운 마음에 얼마나 애처로운 세상으로 보였겠는가. 자쿠신은 세상을 가엾게 여기고 세상은 자쿠신 같은 사람을 그리워하고 있었다. 이게 '자쿠신 사바로 돌아오다'라는 이야기가 전해진 이유이기도 할 것이다. 물론 자쿠신은 홀로 깨닫고 홀로 즐기는 벽지불(辟支佛: 독각)은 아니었다.

　자쿠신의 제자였으나 에신(惠心)에게도 배웠을 자쿠쇼는 그런 이유로 에신의 제자라고도 전해지고 있다. 에신은 천태종 질문서 27조(台宗問目二十七條)를 만들어 송나라 남호(南湖)의 지례 스님(知禮師)[154]에게 이것을 물어보려고 했다. 지례는 당시 학덕이 높다고 칭송받고 있었을 것이다. 이것을 지금 상세히 말할 수는 없으나 에신 정도의 사람이 굳이 새삼스럽게 질문을 하지 않아도 좋았을 것처럼 생각된다. 그러나 에신은 겸허의 덕성과 자긍의 신조가 겸비된 사람이며 게다가 터럭의 끝자락까지도 사물을 애매하게 놔두는 것을 싫어하는 성격이었다고 이해해도 지장이 없을 것으로 생각된다. 전설에서는 이 사람이 『일승요결(一乘要訣)』을 편찬했을 때 인도의 마명보살(馬鳴菩薩)[155] 용수보살(龍樹菩薩)[156]이

~~~~~~~~~~

154 지례 스님(知禮師, 960~1028): 송나라 천태종의 고승으로 호는 법지(法智)이다.

155 마명보살(馬鳴菩薩): 1세기쯤의 인도 불교 승려로, 대승불교의 중요한 경전인 『대승기신론』을 저술했다고 전해진다.

156 용수보살(龍樹菩薩): 2세기의 인도 불교의 승려로, 대승불교를 연구하여 대승불교를 크게 선양하였다고 전해진다.

나타나서 머리를 쓰다듬으며 찬탄하였고 덴쿄 대사(伝教大師)[157]는 합장하며 '우리 교단의 교법은 이제 자네에게 속하네'라고 말하는 꿈을 꿨다고 한다. 꿈이라고는 해도 마명과 용수를 만난 것이다. 또 관세음보살, 사천왕의 하나인 비사문천왕(毘沙門天王)도 꿈에 만났다고 한다. 꿈에 만났다는 것과 생시에 만났다고 하는 것은 그다지 다른 것은 아니다. 검정 개에게 넓적다리를 물려서 놀랐다 어쨌다 하는 시시한 꿈을 꾸는 사람은 깨어있어도 벼룩에게 개구리 뒷다리[158]를 물렸다며 소란피울 정도의 하찮은 사람인 것이다. 용수나 관음을 응대한 꿈을 꿨다는 그런 것은 대단히 멋진 일이다. 멋진 일상을 보내는 사람이 아니면 꿀 수 없다. 아무튼 이 정도의 에신이 천태종 질문서 27조를 지었다. 이것을 중국의

---

157 덴쿄대사(伝教大師): 사이초(最澄, 767~822)이다. 헤이안 시대의 승려로 중국에서 불교를 배워 귀국한 후, 히에이잔 엔랴쿠지를 세워 일본 천태종의 개조(開祖)가 되었다.

158 개구리 뒷다리: 원문에서는 '이노메(猪目)'로 멧돼지 눈이라는 뜻이지만, '멧돼지 눈 무늬'의 구멍을 뚫은 장식을 말한다. 옛날부터 마귀를 쫓는 부적의 역할을 하는 것으로서 절이나 신사의 건축물에 또는 검의 손잡이 등에 장식했다. 멧돼지 눈의 모양을 딴 하트 무늬의 구멍을 뚫은 것으로 상하 거꾸로 된 것도 있다. 여기에서는 절대로 일어날 수도 없는 일이나 전혀 상관없는 것으로 호들갑을 떤다는 의미로 사용되었다.

지례법사에게 보이고 그 답을 얻겠다는 것이다. 아니, 오히려 물음으로 가르침을 주고자 하는 것이었을지도 모르겠다. 그런데 이것을 사미승에게 심부름시키듯 들려 보낼 수는 없는 노릇이었다. 마침 자쿠쇼가 이전부터 송나라에 건너가 영험한 곳에 참배하겠다는 생각을 품고 있었기에 이것을 맡기기로 하였다.

그 무렵 대륙에 건너간다고 하는 것은 오늘날 남빙양(南氷洋)에 나가서 고래를 잡는다는 것보다도 더 떠들썩한 일이었다. 그러나 에신에게 있어서도 자쿠쇼에게 있어서도 모두에게 다 괜찮은 일이었기에 자쿠쇼는 모친의 의향을 물은 다음에 출발하기로 하였다. 창해 파도 높은 머나먼 저쪽 나라에 자식을 보내주는 것은 내일도 알 수 없는 늙은 어머니로서는 마음이 편한 일은 아니었다. 그러나 그 어머니도 과연 자쿠쇼의 어머니였다. "은애의 정이 모자보다 깊은 것은 없다. 지금 너와 헤어지는 것은 정말로 슬프지만, 네가 법을 위해 도를 위해 송나라에 가려는 것은 나 또한 기뻐해야 할 일이다. 내가 어떻게 너의 뜻을 뺏을 수 있겠느냐"라며 눈물 흘리며 허락해주었다. 그렇게 해서 자쿠쇼는 상소를 올려 조정의 허락을 받고, 조호(長保) 4년(1002), 드디어 출발하여 송나라로 가게 되었다.

자쿠쇼에게는 시게모토(成基)와 다카모토(尊基)라는 두 동생이 있는데 시게모토는 이 무렵 이미 오미 수령(近江守)이 되어있었을 테니 노모를 뒤로하고 나가는 자쿠쇼에게는 그나마 마음이 든든했을 것이다. 그러나 자쿠쇼가 노모를 뒤로하고 노모가 자쿠쇼를 만류하지 않고, 자모(慈母) 효자가 서로 헤어진다고 하는 것은 당시 사회에 상당한 감동을 주었다. 게다가 위로는 궁정에서 아래로는 서민까지 모두가 존숭하는 에신인승도(惠心院僧都)의 제자이고 또 승도의 부탁을 받고 간다는 것도 있고, 그 인품도 고왔던 다이나이키(大內記)인 성자 자쿠신의 제자라는 것도 있고, 미카와 수령 사다모토의 출가 인연 전후의 이야기가 전해지고 있던 때문도 있어서, 남녀노소가 모두 이 소문을 수군거렸다. 그래서 자쿠쇼가 기원문을 작성하여 어머니를 위해서 법화 팔강(法華八講)을 야마자키(山崎)의 다카라데라(宝寺)[159]에 봉납하고 드

---

159 다카라데라(宝寺): 원래의 이름은 호샤쿠지(宝積寺)로, 교토 야마자키 덴노잔(天王山)에 있는 사원이다. 724년에 쇼무 천황의 칙명으로 건축되었으며 교기(行基)가 개기(開基)이다. 쇼무 천황이 꿈에서 용신(龍神)에게 받았다고 하는 방망이와 망치를 모셔놓았다고 하여 '다카라데라(보물 절)'라는 별명이 있다.

디어 일본을 떠나고자 했을 때는 진리의 수레바퀴가 활발히 구르고 세속에 큰바람이 일며 따라 기뻐하고 연을 맺는 군중의 수는 알 수가 없을 정도였고, 차마(車馬)가 붐벼서 사면을 메웠다. 강론자인 자쿠쇼가 격식대로 주문을 외고 독경할 무렵에는 감동을 참지 못하고 눈물을 흘리며 울지 않는 자가 없고 이날 출가하는 자도 매우 많았으며 부녀들에 이르러서는 가마에서 머리카락을 잘라 강론자에게 주는 이도 생겼다고 한다. 그 자리에는 당연히 마사히라도 참석했을 것이다. 아카조메 에몬도 있었을 것이다. 다만 그의 헤어진 아내가 아직 살아있다가 이곳의 모임에 왔는지 안 왔는지는 알 수가 없다.

31

자쿠쇼가 떠난 이듬해의 6월 8일에 자쿠신이 지관(止觀)을 배운 그 조가가 죽었다. 그 나이가 팔십칠이었다고 한다. 죽음이 다가왔을 즈음, 제자들에게 시가를 읊게 하고 자기도 한 수를 읊었는데 그 시가는 역시 조가상인(增賀上人)답다.

"새 이빨 나는 팔십 넘은 늙음의 파도 속에서 해파리 뼈 보이니 기쁘기 한량없네"[160]라는 것으로, '젊어서 보이지 않던 것들이 늙어서 보이게 되니 너무나 기쁘다'라는 뜻이었다.

순큐상인(春久上人)이라는 류몬지(龍門寺)에 있던 그의 조카가 돌보기 위해 와있었다. 조가는 시중 스님에게 바둑판을 가져오라고 시켰다. 평생 바둑 같은 걸 둔 적이 없는 사람이어서 시중 스님은 이상하게 생각했는데, 혹시 불상이라도 가까이 두려고 하는 것일까 생각하고 마련해서 앞에 두니까 "나를 잡아 일으켜라"라고 한다. 시중 스님이 일으켜 앉히니까 바둑 한판 두자고 순큐에게 도전했다. 수궁이 안가는 일이라고는 생각했지만 무서운 양반이 하는 말이니까 그 말을 따라서 순큐가 상대를 하자 열수 정도 두더니 "됐다, 됐어. 이제 관두자"라고 말하면서 밀어 치워버렸다. 순큐가 주뼛주뼛 "어째서 바둑을 두셨습니까" 하고 물으니까 "아무것도 아니야. 젊은 중이었을 때 누가 바둑 두는 것을 보았는데 지금 염불을 하면서 마음에 그것이 떠올랐기에 그냥 한번 둬보고 싶어서 둬본 것뿐이야"라고 아무 일도 없다는 기색이었다.

---

160 "みづはさす八十路あまりの老の浪くらげの骨にあふぞうれしき."

또 "말다래[161] 하나 가져와라"라고 한다. 말의 옆구리에 대는 신발 흙 받침 같은 게 임종이 가까운 사람에게 무슨 필요가 있을 물건도 아니고, 사원의 물건도 아니지만, 어쨌든 마련하여 가져오니까 몸을 끌어안아 일으키게 하더니 "그것을 묶어서 내 목에 걸어라"라고 말한다. 어쩔 수 없이 말대로 하니까 조가는 억지로 자기 좌우의 팔꿈치를 펼쳐서 그것을 몸의 날개처럼 하고는 "낡은 말다래를 걸치고 춤춘다"라고 말하며 두세 번 파닥파닥하고는 "이것 치워라"라고 말했다. 다 치운 뒤 슌큐는 "이번엔 뭐하신 겁니까"라고 역시 주뼛주뼛 물으니 "젊었을 때 옆 방에 나처럼 젊은 중들이 많이 있었는데 웃고 떠들어대는 것을 들여다보았더니 그중 한 명이 말다래를 목에 걸고 '나비다 나비다 남들이 말을 해도 낡은 말다래 목에 걸고 춤을 춘다'라고 노래하며 춤을 췄었다. 그것을 웃긴다고 생각했었는데, 오랫동안 잊고 있었던 그게 오늘 문득 생각나서 그냥 흉내 내어 본 것뿐이다"라면서 태연하게 말했다.

구십에 가까운 노승이 병들어 말라빠진 몸에 낡은 말다

---

161 말다래: 마구(馬具)의 하나로, 말을 탄 사람의 옷에 흙이 튀지 않도록 등자와 말의 옆구리 사이에 늘어뜨린 가죽 흙받기이다.

래를 걸치고 날개 삼아 나비의 춤을 춘 것이다. 죽음을 직면한 경험이 있는 사람은 누구나 하는 말이지만, 막 죽으려고 할 때는 어렸을 적의 별것 아닌 일들이 선명하게 뇌리에 되살아난다고 한다. 하늘이 맑은 날은 해가 서산으로 지려고 할 때 도리어 동쪽 산의 표면까지 또렷하게 보이는 것이다. 조가상인의 아득히 먼 동쪽 산에는 연유가 있을 법한 바둑판이나 우스꽝스러운 나비춤, 그런 천진난만한 것이 판연히 보였던 것이리라. 그러나 그런 것을 보는 것만으로 끝낸 건 아니다. 임종 때는 사람을 물리고 휑한 실내 노끈으로 짠 자리에 앉아 입으론 법화경을 외고, 손은 금강인결(金剛印結)을 하고 단정한 자세로 입멸했다고 한다. 포대(布袋)[162]나 한산(寒山)[163] 같은 승려를 산성(散聖)[164]이라고 부르기도 하는데 조가도 헤이안 시대의 산성이라고나 할까. 아니, 그러한 평가 따위는 보태지 않아도 좋을 것이다.

---

162 포대(布袋, ?~917?): 당나라 말기에서 오대 시대에 걸친 전설적인 승려로, 큰 자루를 짊어진 올챙이배 모습의 수묵화나 석상 등이 있다. 순수한 마음씨와 남의 마음을 만족하게 하는 신비로운 힘이 있으며 부귀영화를 지배한다고 생각되어서 일본에서는 복을 가져오는 칠복신의 하나로 신앙하고 있다.

32

자쿠쇼는 송나라에 들어가서 남호의 지례를 만나 에신의 '태종문목 27조'를 드리고 그 답을 요구했다. 지례는 그 질문서를 받아 훑어보고서 감탄하여 '동방에 이처럼 깊이 이해하는 사람이 있는가'라며 칭찬했다. 그래서 풀이 답서를 작성하기로 하였다. 이에 앞서 에이간(永觀) 원년(983), 도다이지(東大寺)의 승려인 조넨(奝然)[165]이 송나라와 인도로 가겠다고 발원하여 그곳에 이르렀다. 그 전년 즉 덴겐(天元) 5년 (982) 7월 13일, 조넨은 어머니를 위해 선행을 쌓는 수선법

---

163 한산(寒山, 생몰년 미상): 당나라 시대의 전설적인 탈속 기행의 승려로, 여름에도 춥다고 하는 한석산(寒石山) 동굴에 살고 있었기에 한산이라고 한다. 바싹 마른 몸에 낡은 옷을 입고 미친 사람 같은 짓을 하지만, 불도의 이치에 맞는 말을 하며 시도 잘하여 『한산자시(寒山子詩)』에 시를 남겼다. 고아였던 습득(拾得)과 함께 천태산 국청사(國淸寺)의 시승(詩僧) 풍간(豊干)의 제자로, 세 사람을 삼은(三隱)이라고 부른다. 풍간을 석가로, 한산을 석가의 좌측에 서서 지혜를 상징하는 문수보살로, 습득을 석가의 우측에 서서 자비심을 상징하는 보현보살의 화신이라고 하는 설도 있다. 「한산습득도(寒山拾得図)」나 「사수도(四睡図)」의 선화(禪畵)에 그려져 있다.

164 산성(散聖): 속세를 버리고 불문(仏門)에 들어 간 사람을 존경하는 말이다.

165 조넨(奝然, 938~1016): 헤이안 중기의 도다이지(東大寺) 승려로, 호사이(法濟) 대사라고도 한다. 교토 사가(嵯峨)의 세이료지(淸凉寺)의 개기이며, 저서로 『조넨 재당기(奝然在唐記)』가 있다.

회(修善大會)를 열었다. 어머니는 나이 육십으로 이미 늙었는데, 이제 몸이 만 리를 넘어 먼 데까지 가려고 하니까 재회를 기약하기 힘든 것을 생각하고 미리 명복을 비는 역수의 식선(逆修植善)¹⁶⁶을 하려는 것이었다. 때마침 자쿠신 즉 가모노 야스타네가 아직 속세를 떠나지 않고 지테이(池亭)를 지은 해였는데 야스타네는 조넨을 위해 글솜씨를 발휘하여 그 발원문을 기초했다. 상당한 장문으로 장장 수천언(數千言), 정을 다하고 뜻을 다해, 당시 사회를 움직이기에는 충분한 것이었다. 그러고 나서 또 조넨상인(奝然上人)이 송나라로 향하는 전별로 읊어 보내는 시 모음의 서문도 야스타네가 지었다. 바야흐로 그 자쿠신은 이미 죽었으나 불가사의한 인연으로 자쿠신의 제자인 자쿠쇼가 혼자 송나라로 건너간 것이다. 조넨은 인도로 가는 것은 그만두고 대장경 오천사십팔 권 및 십육 나한상, 지금의 사가(嵯峨) 세이료인(清涼院)에 있는 불상 등을 얻어서 간나(寬和) 원년(985)에 귀국했다.

그로부터 십 육칠 년 후에 자쿠쇼가 송나라에 들어간 것

---

166 역수의 식선(逆修植善): 죽은 뒤의 명복을 위해서 생전에 미리 불사(佛事)를 닦는 일을 말한다.

인데, 자쿠쇼는 인품 학식 모두 조넨보다 훌륭해 보였기에 그곳 사람들도 과연 일본의 고승이라며 받들어 공경했다. 그래서 지례는 자쿠쇼를 상객(上客)으로서 예우하고 천자(天子)는 자쿠쇼를 친견하기에 이르렀다. 송 황제가 자쿠쇼를 만나서 일본에 관해 물으셨기에 자쿠쇼는 지필을 청하여 일본의 신성한 국체(國体)와 우미한 민속을 답으로 썼다. 문장은 오래 구상한 듯 아무런 막힘도 없고 필체는 준수하여 이왕(二王)인 왕희지 왕헌지 부자의 수준을 보여주었다. 그도 그럴 것이 특별히 날조하고 꾸며대서 일본에 대해 적은 것이 아니라 시가와 문장은 원래 오에(大江)의 혈통을 이어받은 사다모토 법사이고 또 문필의 글씨는 구카이(空海), 도후(道風)[167]가 떠난 지 멀지 않고 사리(佐理)[168]를 사오 년 전에 막 잃은, 그런 시대를 산 사람이었던 것이다. 그래서 송황제

---

167 오노노 도후(小野道風, 894~967): 헤이안 전기에서 중기에 걸친 귀족(정4품하)이며 명필가로, 중국적인 서풍에서 탈피하여 일본풍 서도의 기초를 구축한 인물로 평가받는다. 후에 후지와라노 사리(藤原佐理)와 후지와라노 유키나리(藤原行成, 972~1028)와 함께 '삼적(三跡)'이라고 불렸다. 후지와라노 유키나리는 헤이안 중기의 공경(정2품 곤다이나곤(權大納言))으로, 도후와 사리의 뒤를 이어 고전적인 서풍을 완성했다고 하는 서도 세손지(世尊寺) 류의 선조로, 궁정이나 귀족들의 가장 권위 있는 서법으로 사용되었다.

진종(眞宗)[169]은 일본의 국체를 찬탄하지 않을 수 없었다. 또 자쿠쇼의 풍채와 재능에 심취한 마음을 드러내고 이를 크게 기뻐하여 자색 옷과 비단필을 하사하고 상사(上寺)에 머무르게 하며 원통대사(円通大師)라는 법호를 내려 주었다. 전생의 인연을 만난 것인지 어떤지는 모르겠으나 이 무렵 자쿠쇼는 정위(丁謂)[170]와 서로 알게 되었다.

33

정위는 무서운 듯하면서 또한 그렇지만도 않은 듯한 사람

---

168 후지와라노 사리(藤原佐理, 944~998): 헤이안 중기의 공경으로, 정3품 참의이며 명필이다. 초서체(草書體)의 일인자로서 평판이 높고 유려하고 약동감이 있는 필적은 '사세키(佐跡)'라고 불렸다.

169 진종(眞宗, 968~1022): 북송(960~1126)의 제3대 황제로 재위는 997년부터 1022년까지이다.

170 정위(丁謂, 966~1037): 북송 진종 시대에 재상을 지낸 정치가·문인이다. 진종 만년에 황후 유씨(劉氏)와 결탁하여 실권을 장악하고는 구준(寇準)을 실각시켰으나, 훗날 유태후의 신임을 잃고 해남도의 애주(崖州)와 도주(道州)로 유배되어 15년간 떠돌다가 광주(光州)에서 객사했다. 만년에는 불교에 심취했다고도 한다. 저서로는 『정진공 담록(丁晉公談錄)』과 향나무의 산지인 애주에서 쓴 침향에 관한 전문서 『천향전(天香傳)』이 있다.

으로 하여간 이색적인 사람이었음이 틀림없는데 송나라의
역사서는 이 사람을 지나치게 폄하하는 경향이 있다. 도교
불교가 세상에 나오고 나서부터 이것에 기우는 사람은 역사
에서는 대개 올바르지 않은 사람으로 취급되고 있다고 할
수 있다. 정위가 자쿠쇼와 알게 된 것은 나이가 아직 젊을 때
였고 후에 유배된 곳에서는 오로지 부처의 인과설에 전념했
다고 역사에는 남아 있다. 그렇다면 생각건대 일찍이 인과
설을 믿고 있었기에 훗날 유배됨에 이르러 더욱더 깊이 이
것을 믿게 되었을 것이고, 혹은 일찍이 자쿠쇼에 의해 교화
된 것이었을지도 모르겠다. 송나라 양억(楊億)[171]의 『담원(談
苑)』에 의하면 정위가 자쿠쇼를 공양했다고 한다. 언제부터
언제까지 도와줬는지는 모르겠으나 유력한 후원자가 생기
지 않았다면 자쿠쇼도 오랫동안 타국에 있을 수도 없었을
테니 그것은 실제로 그랬을 것이 틀림없다.

정위는 중국 소주 장주현(蘇州府 長州縣) 사람으로 젊어서

---

[171] 양억(楊億: 974-1020): 신동으로 알려졌던 북송의 문인으로, 『태종실록(太
宗實錄)』, 조정의 고관 17인과 즐긴 시 250여 수를 모은 『서곤수창집(西崑
酬唱集)』 등을 편찬하여 형식이 화려한 서곤파의 중심이 되었으나 내용
이 없어 쇠퇴하였다.

손하(孫何)[172]와 마찬가지로 글을 소매로 만들어 문인 왕우칭(王禹偁)[173]을 만났더니 그는 그 글을 보고 크게 놀라 "당나라 때의 한유(韓愈)[174], 유종원(柳宗元)[175] 이후 삼백 년에 비로소 이 작품이 있다"라며 칭찬했다고 한다. 당시엔 '손·정(孫·丁)'이라고 불렸다고 하는데 손·정이라는 이름은 조금 후에 나온 구양수(歐陽修)[176]·왕안석(王安石)[177]·삼소(三蘇)[178]의 이름에 가려져 지금은 아는 이가 적다. 순화(淳化) 3년(992)에 진사 급제하여 관리로 임명받고, 그 정무의 재능으로 공을 세

---

172 손하(孫何, 961~1004): 북송의 문인으로, 저서로는 『양진명신찬(兩晉名臣贊)』 『박사통(駁史通)』 등이 있다.

173 왕우칭(王禹偁, 945~1001): 북송의 관리·문인으로, 저서로는 『소축집(小畜集)』 『오대사궐문(五代史闕文)』 등이 있다. 두보(杜甫)·백거이(白居易)의 시와 한유(韓愈)·유종원(柳宗元)의 산문을 존중하며 형식적인 화려함보다는 담백하면서도 현실적인 내용을 담는 등, 송시의 독자적 기풍의 선구적 역할을 하였다.

174 한유(韓愈, 768~824): 당나라 중기를 대표하는 문인·사대부로, 당송팔대가(唐宋八大家)의 한 명이며 산문의 시조로 꼽힌다. 문집으로 『한창려집(韓昌黎集)』 『외집(外集)』이 있다. 화려한 수사보다는 진(秦) 한(漢) 이전의 문체를 모범으로 하는 '고문부흥운동'을 제창하여 사실이나 이론을 중시하였다. 이 운동을 유종원(柳宗元)과 함께하여 「한류(韓柳)」라고도 불렸다.

175 유종원(柳宗元, 773~819): 당나라 중기의 문인·정치가로, 당송팔대가의 한 명이며 왕유(王維), 맹호연(孟浩然)과 함께 자연 시인으로 알려졌다. 산문은 『유종원문집(柳宗元文集)』에 남아있다.

위 승진을 거듭해 승상(丞相)에 이르렀으며 진종 황제의 신임을 얻어 건흥(乾興) 원년(1022)에는 진국공(晉國公)에 봉해졌다. 소주 절도사(蘇州 節度使)였을 때 진종이 하사한 시에 아래와 같은 구절이 있다.

지난날의 공이 모두 현저하고, 자문하여 맡은 바를 틀림없

---

176 구양수(歐陽修, 1007~1072): 북송의 문학자·역사가·정치가로, 일찍이 한유를 따르며 고문을 부흥시켜, 당송팔대가의 한 명이 되었다. 『육일시화(六一詩話)』, 수필 『귀전록(歸田錄)』, 전집으로 『구양문충공문집(歐陽文忠公文集)』 153권이 있다. 역사가로서의 국가의식을 나타내어 『신당서(新唐書)』 『신오대사(新五代史)』 등을 편찬하였다.

177 왕안석(王安石, 1021~1086): 북송의 정치가·학자·신법당(新法党)의 영수이다. 1070년부터 7년간 재상으로 임명되어 부국강병을 목표로 신법 실시를 통해 국가 재정의 재건에 착수했다. 시문에도 뛰어난 문장가로 당송팔대가의 한 명이다. 저서로 『임천집(臨川集)』 『당백가시선(唐百家詩選)』 등이 있다.

178 삼소(三蘇): 북송의 문인·정치가 가문인 소순(蘇洵, 1009~1066)과 그의 아들인 소식(蘇軾, 1036~1101)·소철(蘇轍, 1039~1112)로, 문명(文名)을 떨친 삼부자를 말한다. 노소(老蘇), 대소(大蘇), 소소(小蘇)라고도 하며 특히 고문을 잘하여 모두 당송팔대가로 불린다. 소순의 산문은 구양수가 높이 평가했으며, 시문집 『가우집(嘉祐集)』과 『시법(諡法)』 외에 구양수 주편(主編)의 조정의 의식차제집(儀式次第集)인 『태상인혁례(太常因革礼)』를 편찬하였다. 소식은 시문 서화의 모든 분야에서 천재적인 업적을 남겨 송 시대를 대표하는 문호로 인정받고 있다. 『적벽부(赤壁賦)』, 시문집 『동파칠집(東坡七集)』이 있다. 소철의 시문집 『난성집(欒城集)』과 『시전(詩伝)』 『춘추집전(春秋集伝)』 『고사(古史)』 등이 있다. 당송팔대가로는 이외에 증공(曾鞏, 1019~1083)이 있다.

이 이룬다.

훌륭한 재능은 낭언(囊彦)에 부합하고, 아름다운 자질은 시영(時英)을 꿰뚫는다.

훌륭히 국가 경륜의 업을 펼치고 돌며 오르는 보필이 영화롭다.

가형 성우(嘉享 盛遇)를 기뻐하며 최선을 다하고 성심을 다하도다.[179]

이러니 구준(寇準)[180] 같은 훌륭한 사람을 정적(政敵)으로 두었어도 오랫동안 우쭐했을 것이다. 정치는 힘을 이용하기보다도 지(智)를 이용하는 것을 주(主)로 하기에 법제보다도 경제를 중시하여 회계록이라는 것을 만들어 바치고 세금을 부과하는 일은 호구(戶口)를 기준으로 삼길 원했다고 한다. 문장은 물론 시가도 잘 짓고 그림, 바둑, 조영(營造), 음악, 이것

179 "踐歷 功皆著しく, 諮詢 務必ず成す. 懿才 囊彦に符し, 佳器 時英を貫く. よく経綸の業を展べ, 旋陞る輔弼の榮. 嘉享 盛遇を忻び, 尽瘁 純誠を罄つくす."

180 구준(寇準, 961~1023): 북송의 명재상이자 시인·정치가이다. 지나치게 강직한 성품 때문에 적을 많이 만들었고 끝내는 정위의 모함으로 뇌주(雷州)로 좌천되어 그곳에서 사망하였다.

저것 모두 정통하였으며 차(茶)도 이 사람에서부터 시작하여 채양(蔡襄)[181]을 거치면서 진보된 것이다. 축국(蹴鞠-가죽공을 차는 공놀이)까지도 통달해 있었는데, 그 시는 『온공시화(溫公詩話)』[182]와 『시화총귀(詩話總龜)』[183]에 보인다. 진종 황제가 붕어한 후, 그 황후의 노여움으로 멋대로 영정릉(永定陵)을 고쳤다면서 죄를 씌우고 동시에 환관 뇌윤공(雷允恭)과 교류한 것을 문제 삼아 애주(崖州: 지금의 해남도)로 멀리 유배되었다. 몇 해가 지나 도주(道州)로 옮겨지자 사직하고는 광주(光州)에서 살다가 죽었다. 요컨대 정적으로 인해 실각당해서 사지에 놓인 것이다. 정위는 이러한 사람이다.

지례의 답서는 완성되었다. 자쿠쇼는 이것을 가지고 본국으로 돌아가게 된 것이다. 그런데 어찌 된 일인지 그때 위세가 날로 창성하던 정위가 자쿠쇼에게 머물기를 바라면서 끊임없이 소주 산수의 아름다움을 말하며 자쿠쇼의 제자에게 답서를 가지고 돌아가게 하고 자쿠쇼를 오문사(吳門寺)

---

181 채양(蔡襄, 1012~1067): 북송의 관리이자 서예가로 서에서는 송의 사대가(四大家) 중의 한 명으로 불린다. 대표적인 다서(茶書)로 『다록(茶錄)』이 있다.

182 『온공시화(溫公詩話)』: 북송 사마광(司馬光, 1019~1086)의 중국 시화집이다.

183 『시화총귀(詩話總龜)』: 북송 완열(阮閱, 생몰년 미상)이 1123년에 만든 중국 시화집이다.

166

에 두고 후대함이 닿지 않는 곳이 없었다. 자쿠쇼는 이미 부처의 가르침을 믿는 불자(仏子)이다. 온갖 하천이 바다로 들어가면 이것 또한 바다이듯이 온갖 씨족이 석가의 석문(釋門)에 들어가면 모두 석씨(釋氏)이다. 특별히 동서로 구별하여 일본으로 돌아가지 않으면 안 된다는 그런 법도 없는 터라 자쿠쇼는 마침내 오문사에 머물렀다. 자쿠쇼는 계율 엄정하고, 너무나 훌륭한 고승임을 사람들에게 인정받았기에 삼오(三吳: 소주(蘇州)·상주(常州)·호주(湖州))의 출가자 재가자 할 것 없이 차츰 그에게 마음이 이끌려 자쿠쇼의 교화는 크게 이루어졌다고 전해진다. 그리고 자쿠쇼는 그대로 소주에 있길 삼십여 년, 인종(仁宗) 때인 경우(景祐) 원년(1034), 일본의 고이치조 천황(後一條天皇) 때인 조겐(長元) 7년, "구름 위 멀리 머나먼 곳에 노랫소리 들리네, 남들도 들으려나 환청일지 모르네"[184]라는 시가를 남기고 빙긋이 미소지으며 죽었다.

정위도 이에 앞선 일 년인가 이년, 명도(明道) 연간(1032~1033)에 죽었는데, 자쿠쇼가 평탄한 삼십 년 정도의 생활을 하는 동

---

184 "雲の上はるかに樂の音すなり人や聞くらんそら耳かもし."

안에 정위는 험준한 세상 길을 걸으며 올라가고 내려가고 했다. 특별히 그동안에 있었던 정위와 자쿠쇼의 이야기는 전해지는 게 없다. 정위는 정위고, 자쿠쇼는 자쿠쇼였을 것이다. 처음에 정위가 자쿠쇼를 늘 돌보던 시절, 자쿠쇼는 가지고 있던 쇠로 된 물병에 시(詩)를 곁들여 정위에게 선물했다.

함께하길 삼오 년, 날마다 사용하며 일찍이 떼어놓은 적이 없다.

새벽 우물에서 지는 달을 담고, 차가운 화로에서 다 쉰 목소리를 푼다.

파은(鄱銀)은 사치를 벗어나기 힘들고 내석(萊石)은 깨어지기 쉽다.

이 병은 튼튼하고 또 실용적이어서 공(公)에게 보내니 바로 아시리라.[185]

답시가 있었겠지만 『정위집(丁謂集)』을 갖고 있지 않아서

---

185 "提携す三五載, 日に用ゐて曾て離れず. 曉井 殘月を斟み, 寒爐 碎漸を釋く. 鄱銀 侈を免れ難く, 萊石 虧を成し易し. 此器 堅く還實なり, 公に寄す 応に知る可きなるべし."

모르겠다. 정위에게 보낸 자쿠쇼의 말이 남아 있는 것은 이 것뿐이다. 정위가 유배된 애주(崖州)는 당시에는 심히 야만 적인 섬이었다. 그곳에서 정위가 지은 시는 다음과 같다.

지금 애주에 이르러 개탄스럽기 짝이 없고,
꿈속에서는 언제나 도읍의 번화 속에 있는 것 같다.
여정은 어찌 단 일만 리밖에 안 되는가, 인가는 거의 없어
삼백 집.
밤에는 멀리 외딴 나무에서 원숭이가 우는 것을 듣고,
새벽녘에는 밀물로 젖은 안개 비껴가는 것을 본다.
벼슬아치는 조정의 예절을 살피지 않아, 촌스러움이 때때
로 고을 관아에 미친다.[186]

이런 곳에 죽으라는 듯이 유배된 것이다. 그러나 그곳에
삼 년 있다가 내지(內地)로 귀환하게 되었을 때는 다음과 같

---

186 "今崖州に到る 事嗟く可し, 夢中常に京華に在るが如し. 程途何ぞ啻
一万里のみならん, 戸口都無し三百家. 夜は聴く猿の孤樹に啼て遠き
を, 曉には看る潮の上って瘴煙の斜めなるを. 吏人は見ず中朝の礼, 麋
鹿 時々県衛に到る."

은 구절을 남겼다.

　구만리 붕(鵬) 거듭 바다를 떠나, 일천 리 학(鶴) 다시 둥지
로 돌아가네.[187]

　그러나 그것만은 아니었다. 그런 무서운 곳이기는 하지만
그래도 침향이 나는 땅에 유배된 인연으로 『천향전(天香伝)』
한편을 저술하여 그 은혜를 후인에게 전했다. 실로 오로지
향에 관한 것을 논찬한 것은 이 『천향전』이 최초였으며 그
리고 지금까지 전해지는 것이다. 이렇게 향에 관여하게 된
이 사람의 마지막은 송나라 사람 위태(魏泰)[188]의 『동헌필록
(東軒筆錄)』에 기록되어 있다. 말하길, "정진공(丁晉公) 임종 전
보름은 이미 먹지 않았으나 단지 향을 피우고 몸을 바르게
하고 앉아 묵묵히 불경을 왼다. 침향을 달인 물을 그때그때

<hr>

187 "九万里 鵬 重ねて海を出で, 一千里 鶴 再び巣に歸る."
188 위태(魏泰, 생몰년 미상): 북송의 시인으로 숭녕(崇寧) 연간(1102~1106)에 재
　　상이 된 장돈(章惇: 1035~1105)이 그에게 관직을 주려 하였으나 나아가지
　　않았다. 서예가이며 화가인 미불(米芾, 1051~1107)은 위태를 시호(詩豪)로
　　불렀다고 전한다. 『동헌필록(東軒筆錄)』과 『임한은거시화(臨漢隱居詩話)』
　　를 남겼다.

조금씩 들이킨다. 정신과 의식은 흐트러지지 않았고 의관을
바르게 하였으며 홀연히 변화하여 떠나갔다."

작품 해설

선량한 본성을 근원으로 한
인연의 세계

『연환기(連環記)』는 가모노 야스타네(慶滋保胤)와 오에노 사
다모토(大江定基)라는 성격이 전혀 다른 두 인물을 중심으로
펼쳐지는 이야기다. 이들은 출가 후에는 각각 자쿠신(寂心)
스님과 자쿠쇼(寂照) 스님이 된다. 각각의 삶을 살아온 두 사
람이 하나로 이어지는 인연, 즉 사다모토가 야스타네를 찾
아가 출가하고 그 선품 내지 불심을 이어가는 이 둘의 인연,
그리고 그들을 둘러싼 주변 인물들의 묘하게 이어지는 인연
의 고리를 이 작품은 탄탄한 구성과 고매한 터치로 그려내
고 있다. 일본 근대문학의 거장 고다 로한(幸田露伴, 1867~1947)
만년의 작품으로, 삶과 세상에 대한 그의 성숙한 의식이 가
장 우아하게 드러나 있는 대표작의 하나로 손꼽힌다.

『연환기』는 대부분 실존 인물들의 실화를 바탕으로 하고 있다는 점에서 일종의 역사소설이기도 하며 두 주인공과 그 주변 인물들이 대부분 스님이라는 점에서 일종의 불교소설이기도 하다. 그리고 사다모토의 출가에 애인 리키주(力壽)가 결정적인 계기로 작용했다는 점에서는 일종의 연애소설이 될 수도 있다.

이 작품에는 근대 초기에 등장하여 메이지, 다이쇼, 쇼와라는 격동의 시대를 살아 내며 장수한 로한의 사상적 넓이와 깊이, 즉 총합적 문학세계가 장중한 모습으로 전개되고 있다. 동양적 가치관이 관통하는 로한의 지적인 체계는 총화적 원융을 지향하는데, 『연환기』는 그 지고한 도달점의 하나라고 볼 수가 있다. 그는 여기서 헤이안(平安) 시대(794~1192)라고 하는 역사의 저편에서 선량한 본성과 불교적 계기에 의해 맺어지고 연결되는 깊은 인연의 세계를 찾아내고 그것을 하나의 향기처럼 그윽한 도담으로 승화시키고 있다. 이것은 개인의 일생은 물론 고금을 관통하는 역사적인 시간을 총체적으로 관조할 수 있었던 만년의 로한이기에 가능한 일이었다.

젊은 시절의 로한이 장인정신 등 일본의 이상적인 가치를 지향하며 쓴 『풍류불(風流佛)』, 『일구검(一口劍)』, 『오층탑(五重塔)』 같은 작품과는 달리, 『연환기』에는 로한이 인생의 진리를 추구하고자 한 긴 세월을 통해서 체득한 성숙한 의식이나 학자로서의 지식이 더할 나위 없이 풍부하게 나타나 있다. 예컨대, 『연환기』에는 『곤자쿠 이야기(今昔物語)』 『우지 습유 이야기(宇治拾遺物語)』 『일본왕생극락기(日本往生極樂記)』 『속 본조왕생전(續本朝往生伝)』 『이마카가미(今鏡)』 『고금저문집(古今著聞集)』 『본조문수(本朝文粹)』 『아카조메 에몬집(赤染右衛門集)』 『송사(宋史)』 등을 비롯한 막대한 자료가 출전(出典)으로서 사용되고 있다. 로한은 이 지식들을 그 깊이와 원숙함으로 충분히 소화하면서 로한 만년의 지적, 문학적 정신세계, 인생관을 남김없이 표현하여, 일본의 많은 독자는 물론 문학 연구자, 평론가들에게 높은 평가를 받았다. 특히 야나기다 이즈미(柳田泉)는 '천재적인 소설가', '문학을 그 단서로 하여 큰 우주를 이루는 생의 신비를 풀려고 한 작가'라는 말로 그를 높이 평가했고, 시노다 하지메(篠田一士)는 이를 '문학 왕국의 출현'이라고 칭찬하기도 하였다.

내용을 좀 자세히 들여다보자.

『연환기』에는 가모노 야스타네, 즉 자쿠신 스님, 오에노 사다모토, 즉 자쿠쇼 스님, 두 인물을 중심으로, 이들과 깊은 인연으로 얽힌 사다모토의 아내, 애인 리키주, 오에노 마사히라(大江匡衡)와 아카조메 에몬(赤染右衛門) 부부, 에신(惠心), 조가(增賀), 정위(丁謂) 등이 주된 인물로 등장한다. 전반부에는 주로 야스타네의 이야기, 후반부에는 주로 사다모토의 이야기가 펼쳐진다. 그 각각의 전반은 출가 전의 이야기, 후반은 출가 후의 이야기로 구성된다. 그러니까 작품 전체의 전반은 야스타네(=자쿠신)가 주인공이고 후반은 사다모토(=자쿠쇼)가 주인공인 셈이며, 각각의 전반은 야스타네/사다모토가 주인공이고, 각각의 후반은 자쿠신/자쿠쇼가 주인공인 셈이다. 야스타네의 석대사건, 사다모토의 연애사건 등 스토리도 흥미진진하게 전개된다.

역사적 실제에 기반하면서도 로한이 창조해 낸 문학적 공간 속에서 이들의 삶은 로한 특유의 불교적 조명을 받는다. 선량하고 자비심이 깊은 가모노 야스타네의 속세에서의 삶과 출가하여 자쿠신 스님이 되기까지의 과정, 조가 스님의 과격한 성정과 기행, 오에노 사다모토의 영특함과 아름다운 애인 리키주, 사촌인 오에노 마사히라와 아카조메 에몬

의 내력과 금실 좋은 부부 관계, 사다모토 처의 투기심과 이별 그리고 출가 후에 우연히 이루어진 차가운 재회, 리키주의 죽음, 그로 인해 호걸이던 사다모토가 자비심을 깨치게 되는 과정과 자쿠신 밑에서의 출가, 자쿠쇼로서의 도송(渡宋)과 송나라 정치가인 정위와의 인연⋯ 등등, 헤이안 시대를 실제로 살았던 사람들의 이야기가 혹은 집안을 배경으로 혹은 궁중을 배경으로 혹은 사찰을 배경으로 혹은 중국(宋)을 배경으로 개성 있게 펼쳐지면서 그들의 관계가 마치 고리를 이어가듯 전개된다. 로한은 이렇게 펼쳐지는 인간관계를 『연환기』에서 "법연의 미묘함은 옥고리가 서로 이어지는 것과 같다(法緣微妙、玉環の相連なるが如し)"라고 표현한다. 이 작품의 제목이 『연환기(連環記)』인 연유다.

한 걸음 더 깊이 작품세계로 들어가 보자.

역사상의 실제 인물인 가모노 야스타네는 『본조문수』에 남아 있는 시문 이외에, 『지테이키(池亭記)』와 『일본왕생극락기』를 남겼다. 『지테이키』는 가모노 초메이(鴨長明)의 『호조키(方丈記)』에도 다대한 영향을 주었고, 일본 중세 무상문학(無常文學)의 선구적 역할을 하였으며, 『일본왕생극락기』는

『속 본조왕생전』과 설화문학에 다대한 영향을 주는 등, 그가 해낸 정신적 역할은 크다.

로한은 『연환기』에서, 이 야스타네가 『지테이키』와 『일본 왕생극락기』를 쓰게 된 심리적-사상적 배경과 그 후의 일에 대해 언급하면서 야스타네의 내면적 본성에 소설적으로 접근한다. 그리고 그 삶의 전체와 영향 관계까지도 조망해나간다. 표면적으로만 알려진 문인 야스타네상(像)의 재평가를 통해, 인생이라는 것을 세속적인 입신출세의 과정에 한하지 않고 일생이라고 하는 긴 시간 속에서 판단하는 것은 물론, 장구한 인간의 역사, 그 전체 속에서 고찰하고자 하는 것이다.

로한은 우선 야스타네의 내면세계에 있는 본질적 인간성에 조명을 비춰 그것이 향불교적이면서 선량한 것임을 부각시킨다. 야스타네는 분명 선량한 사람이었다. 그러나 선량하다고 해서 세상을 수월하게 살아가는 것은 아니었다. 그 때문에 오히려 세상살이가 힘들었다. 따라서 아직 젊은 야스타네는 조정 관료로서의 답답함이나 어려움을 인식할 수밖에 없었다. 그가 쓴 『지테이키』를 보면, 공인이 아닌 사인으로서의 야스타네의 내면세계, 즉 야스타네의 본질적 인간성에 기인한 선량한 인품이 충분히 확인된다. 그리고 로한은 그 선량한 인품을 가진 야스타네가 오히려 스스로 속세와 단절하고 혼자만의 고요한 세계에 만족하고 있음을 그려낸다. 그리고 세월의 흐름과 변화 속에서도 야스타네의 향불교적이며 선량한 인품이 전혀 변하지 않을 뿐만 아니라, 오히려 그것을 굳건히 지켜가고 있음이 부각된다.

이윽고 그는 출가를 결행하여 자쿠신 스님이 된다. 그리고 출가 후의 자쿠신은 에신 조가 등 불교를 통해 감동할 수 있는 사람도 만나게 되고 불법(佛法)에 대해서도 진심으로 이것을 추구해간다. 그러나 불법 이전에 야스타네가 지니고 있던 그 마음의 본질은 전혀 달라지지 않는다. 즉, 야스타네의 본질적 인간성은 속세에서도 또 불교에 깊이 들어가서도 변함없이 그대로 유지되는 것이다. 야스타네는 절이나 탑 등의 형식적인 것을 세우지는 못했지만, 그런 것에 집착함이 없이 오직 불법 그 자체에 충실했으니 그것은 그것대로 무방한 것이다.

우리는 보통 그 사람에 의해서 표현된 무엇인가에 의해서, 즉 결과나 업적에 의해서 그 사람의 가치를 판단하려고 하기 쉽다. 그러나 로한은 표현된 그것이 어떠한 것이건 그 표면적인 것에 현혹되지 않고, 그 사람에 의해서 표현되기 이전의, 그 사람의 본질적인 것을 추구하여 그 본질적인 것이 갖는 의미를 창출해 부각하고자 했다. 이상적인 인간이나 사회를 그려내 그것을 일본이 나아가야 할 이상적인 방향으로 제시하고자 했던 로한 초기의 문학세계에 비해, 로한 만년의 문학세계는, 이처럼 그 사람의 본질을 추구하여 그 의미를 창출해 냄으로써 있는 그대로의 인간 그 자체를 인정하고, 있는 그대로의 인간 그 자체가 지향하고 있는 세계를 이상적인 세계로 묘사하고자 하고 있다. 즉 만년의 로한은 표면적인 세계에 좌우되지 않고 인생의 깊은 본질적 진리를 추구하고자 하는 의식 내지 경지에 도달한 것이다.

한편, 야스타네의 제자 격인 사다모토는 어떠한가. 그는 어떠한 과정과 어떠한 심리적 변화로 인해 야스타네의 세계와 연결되며 그것을 계승해 나가게 되는가.

사다모토에 관한 이야기는, 그가 자쿠신 밑에서 출가하여 자쿠쇼가 되는 곳에서부터 구체적으로 시작한다. 그런 그의 출가가 애첩의 죽음 때문이라고 설화에는 적혀 있다. 지방 수령이자 호걸이지만 그야말로 속인이던 사다모토가 이렇게 향불교적인 마음을 갖고 출가하게 되는 과정은 흥미롭다. 집안도 좋고 학문적으로도 뛰어나며, 속세를 살아감에 곤란 같은 게 있을 리 없고, 그 성격도 호방하고 출가 같은 건 생각할 여지도 없는 사다모토였다. 그런 사다모토가 우연한 인연으로 아름다운 여인 리키주를 사랑하게 된다. 이일로 질투하는 본처와 사이가 틀어지고 이윽고 본처는 집을 나간다. 그런데 나갔다고 좋아하는 것도 잠깐, 그토록 사랑하던 그 리키주가 병으로 세상을 뜨고 만다. 사다모토는 사랑하는 애첩의 죽음이라고 하는 이 처절한 불행 앞에서, 특히 그 시신의 부패 앞에서 결국은 '무상'과 '공허'를 절감하게 되고, 또 지금까지의 자신을 '부정'하게도 된다. 그러나 그런 상황 속에서 우연히 접한 딱한 여인의 사정을 배려하면서 '불쌍히 여기는 마음'을 베풀게 된다. 측은지심 혹은 자비심이다. 선한 본성이 발휘되는 것이다. 그리고 그로 인해 사다모토는 사냥을 즐기던 시절에는 잊고 있었던 인간성을 회복하게 된다. 그리고 이때부터, 저 가모노 야스타네 즉 자쿠신 스님의 변치 않고 선량한 본질적인 인간성의 세계와 정신적으로 깊은 인연을 맺게 된다. 이윽고 그는 야스테네, 즉 자쿠신을 찾아가 출가해 자쿠쇼가 되고, 그의 정신세계에 이어지게 된다.

그러나 로한은 여기에 잠재적인 하나의 인연을 복선으로 설정하고 있다. 사다모토가 미카와 수령으로 있을 당시, 스님이 된 야스타네가 두타행을 하며 미카와를 방문한 적이 있다는 기록이다. 두 사람이 이때 만났는지 어땠는지 로한은 언급하지 않았지만, 만약 만났다면 총명한 사다모토가 선량하고 자비심 깊은 야스타네의 인간성을 알아보았을 것이고, 또 알아보았다면 사다모토 또한 잠재적으로 선량한 인간성을 지닌 사람이었을 것이다. 자신의 잠재적인 선한 본성은 선한 사람을 만났을 때 인상 깊이 남아 무언가를 계기로 깨어나기 시작하는 것이다. 사다모토의 경우는 '리키주의 죽음'과 '딱한 여인의 사정'을 계기로 자신의 잠재된 본질적인 선량함이 깨어나 마음속 깊이 남아 있던 야스타네가 생각났을 것이다. 즉 선량함이 인연의 고리로 이어지는 것이다.

이렇게 해서 오묘한 인연의 세계는, 시공을 초월해 새로운 인연을 연쇄적으로 만들어가게 된다. 그것이 출가라고 하는 현실세계와는 또 다른 세계에 있어서의 일이라고는 하지만, 정신적인 인연의 숭고함은 속세간과 출세간을 가리지 않는다. 사다모토, 즉 자쿠쇼는 역시 우연한 인연으로 중국 송나라로 건너가 이번에는 국경을 초월하여 새로운 인연을 만들어 나가게 된다. 정위와의 만남과 교류가 대표적이다. 물론 그것조차도 이윽고 모든 것이 '무(無)'가 되어버리는 시간의 흐름 속에서는 전혀 집착할 필요조차 없는 것이지만, 그래도 직접적으로 눈에 보이지 않는 정신적인 인연에 의해 맺어진 진실한 세계는 영원한 역사 속에서 하나의 향기가 되어 우리들의 삶을 윤택하게 만들어 준다. 내용적으로 연결되는 새로운 하나의 차원이 전개되는 것이다.

로한은 이 작품에서, 벼슬을 한 속세간의 인간 야스타네와 사다모토뿐만이 아니라, 승려가 된 자쿠신과 자쿠쇼의 '생'을 아울러 조명함으로써, 인간의 내면적인 곳으로부터 연관돼있는, 속세간-출세간을 초월한 본질적인 인연의 세계를 찾아내려 한다. 속세간에서의 완전히 다른 두 사람의 '생'이 선량함을 매개로 이어지다가 불법이라는 세계로 하나가 되어, 그 불법의 세계에서 두 사람은 인연이라고 할 수밖에 없는 연결고리를 갖게 되는 것이다. 이 고리는 또한 다른 등장인물들과도 연쇄적으로 이어져감으로써 "사건들이 교묘하게 연환하고 테마가 하나로 모아진다"(도널드 킨, 『일본 문학의 역사 10』, 중앙공론사, 1995)는 구성을 갖추게 된다. 하나의 궁극적 가치로 인간과 인생이 연결되는 인연의 세계가 제시된 셈이다.

그렇게 함으로써 로한은, 물질적인 가치를 중시하는 이른바 근대화에 대해 비판적인 정신을 드러냈다고 볼 수도 있다. 아니. 근대화에 대한 단순한 비판이라기보다도, 시대를 초월한 인간상에 대한 보다 긍정적인 재평가를 통해, 한 차원 더 높고 더 깊은 진짜 인생관 내지 가치관을 피력하기에 이르렀다고 하는 것이 더 정확할 것이다.

로한이 작중에서 말한, "법연의 미묘함은 옥고리가 서로 이어지는 것과 같다"라는 말은, 작중에서뿐만 아니라 로한 자신의 문학적 활동에도 해당하는 말이다. 헤이안 시대, 더욱이 승려의 세계에까지 깊이 심취해 들어간 그는, 의(擬)고전문학자로서, 근대의 여타 문학자들과는 다른, 독자적인 문학적 생을 영위하고 있었던 것이니, 바로 이 『연환기』 자체를 통해, 그 스스로가 자신의 시대인 근대를 초월해서 옛 헤이안의 고리에 연결돼 갔다고 할 수도 있을 것이다.

근대화라는 물질문명의 급격한 발전과 그로 인한 욕망이 빚어낸 인간성의 붕괴가 심화되었던 1940년, 그럼에도 불구하고 74세의 로한은 헤이안 시대라고 하는 역사의 저편에서 인간성의 회복 내지 진리의 추구라고 하는 희망의 향기를 감지하고 있었던 셈이다. 이러한 『연환기』의 세계야말로, 고금에 이르는 역사적인 시간을 종합적으로 볼 수 있었던 만년의 로한이 도달한 그윽한 경지였던 것이다. 로한은 이 『연환기』를 통해 이러한 인연의 세계를 불법(佛法)의 세계로 연결 지음으로써 속세 밖 다른 차원의 세계이기는 하지만 인연으로 이어지는 또 하나의 세계, 불교적 진리의 세계를 찾아낸 것이며, 이것은 그야말로 로한의 문학적 세계의 결정체라고 평가해도 좋을 것이다.

작가 연보

1867년 현 도쿄도 막부 가신 집안에서 8남매 중 4남으로 7월 23일 출생.

1872년 6세부터 사숙(私塾)에 들어가 일본 글 이로하(いろは)를 배우기 시작.

1873년 7세에는 『효경(孝經)』을 배우기 시작하며 정통 한학 교양을 몸에 익힘. 사서오경 또한 이 시기에 배우기 시작.

1880년 경제적 사정으로 중학교 중퇴. 중퇴 후 유시마도서관(湯島圖書館)을 왕래.

1881년 도쿄 영학교(東京英學校)에 입학하나 1년 후 중퇴. 이즈음 들어간 한학 사숙 기쿠치(菊地) 학원은 중퇴하지 않고 계속 통학.

1883년 장학생으로 전신수기학교에 입학하여 졸업 후 19세에 홋카이도(北海道) 요이치(余市)에 전신 기사로 부임. 이후 한문학, 불경 등을 독학.

1887년	8월 기사직을 독단으로 내던지고 귀경. 힘든 여정 중에 지은 하이쿠 시구에서 따온 로한(露伴-"이슬과 함께"라는 뜻)을 필명으로 삼고 문학에 뜻을 둠. "고향이 멀어 이슬과 자야겠네, 풀베개 베고(里遠しいさ露と寝ん 草枕)."
1889년	소설가 아와시마 간게쓰(淡島寒月)의 소개로 『이슬방울(露団団)』을 발표하며 문단 데뷔. 같은 해 『풍류불(風流佛)』을 발표.
1890년	『일구검(一口劍)』 발표.
1891-92년	『고래잡이(いさなとり)』 발표.
1892년	26세에 덴노지(天王寺)를 모델로 하여 탑 건립을 둘러싼 목공의 이야기를 그린 대표작 『오층탑(五重塔)』을 발표. 문단의 격찬을 받으며 작가로서 지위를 확립.
1893-95년	『풍류미진장(風流微塵藏)』을 발표.
1899년	획기적 도시론인 『일국의 수도(一國の首都)』를 발표.
1901년	『물의 도쿄(水の東京)』를 발표하며 작가로서 영역을 확장. 이 시기부터 동시대 작가 오자키 고요(尾崎紅葉)와 함께 고로시대(紅露時代)의 대표작가로 일컬어지며 황금기를 맞이함.
1903년	『하늘을 치는 파도(天うつ浪)』 연재를 개시하지만 약 1년 후 연재 중단. 이후 문학 침묵기에 들어가고 사상 연구 및 사전(史傳) 집필에 집중.
1907년	당나라 전기소설 『유선굴(遊仙窟)』이 만요슈에 끼친 영향을 논한 연구론 「유선굴(遊仙窟)」을 발표. 1911년 이 논문을 주요 업적으로 교토대학 문학박사 학위를 취득.

1908년   교토대 문과대학에 에도 후기 문학 담당 강사로 재직하나
         이듬해 사임하고 귀경.

1916년   『골동품(骨董)』 발표.

1919년   그간 잠시 문학 작품 발표에서 멀어져 연구에 집중했으나
         명나라를 배경으로 한 역사 소설 『운명(運命)』을 발표, 대
         호평을 받으며 문단에 복귀함.

1920년   시조 선집인 『바쇼 칠부집(芭蕉七部集)』 주해 연구를 시작.

1925년   『관화담(觀畵談)』 발표.

1928년   4월 『마법 수행자(魔法修行者)』, 10월 『갈대 소리(蘆聲)』 발표.

1937년   제1회 문화훈장을 받고 제국 예술원 회원으로 위촉됨.

1938년   『환담(幻談)』 발표.

1941년   『연환기(連環記)』 발표.

1947년   『바쇼 칠부집』 주해를 27년 만에 완료. 7월 30일 협심증
         으로 타계. 향년 79세.